マスク女子、とっても♥エロい。
大人しい生徒会長の正体を知ったら搾り取られました!?
愛内な
イラスト
ぷちぱら文庫
creative

プロローグ　エロ過ぎ生徒会長

「んぁっ、くふ、ふぁぁあっ♥　あん、あん、あぁあんっ♥」

求められるがまま、形のいいお尻に自分の腰を打ちつける。

たっぷり濡れた膣内はペニスをやんわりと包み込み、奥へ奥へと誘い込んでくる。

彼女の部屋の、ベッドの上。

俺が夢中になっているのは、初めてできた、その彼女とのセックス。

「あっ、んんんっ♥　はっはぁっ、ふぁ、あぁっ！」

女の子のふわふわした声が、部屋に響く。

いきり立ったペニスを全身で受け止めて、快感を貪っている彼女の口から発せられる喘ぎ声が、俺を更に興奮させる。

「はふ、ふぁふ……気持ち、いいですっ……♥」

「俺も、すっげー気持ちいい。膣内の動き、すっごくエロいし」

「……くすっ。実は少々、ねらって『膣内の動き』をしているのですけれど」

「ええ。いつも、私を気持ちよくしてくれるおちんちんですから……私も、もっとおちんちんを愛せないものかと思い、予習してきまして……♥」

「っ……じゃあ、入り口がいつもより締まってるのは、そのせいなのか」

「ふふっ。おまんこの動きが、ちゃんと亮介《りょうすけ》君に伝わっているようで、安心しました♪　そうです。きゅ、きゅっと、お尻に……少し、力を入れて……んんっ、私の、とろとろになったおまんこが……亮介君のおちんちんと、もっとふれあえるように……ふ、ふぁあっ！」

腰の動きに自制が働かなくなる。

礼香のキツい入り口をもっと感じたくて、大きなストロークで抽送を繰り返す。

「ひ、ひぐっ、んぐぅうっ！　あ、あうっ、亮介くん、はげし……っ」

「これくらいでも、痛くないよな」

「は、はい、気持ち、いいですっ……亮介くん、もっと、もっとくださいっ……♥」

更にピストンが大胆になる。

礼香も俺に合わせてお尻をしならせてきて、性器同士がより淫らに交わっていく。

「んぁっあぁあっ！　そ、そう、亮介君……んふ、くぅうっ、ふぁ、あぅうっ！」

艶めかしい吐息に混ざって、嬉しそうな悲鳴が彼女の口から発せられる。

「え？　礼香《れいか》が？」

そう。

いつもはマスクの下に隠れている、礼香の口から。

「はっ、はぁっ、んぁっあぁあっ！　ふぁ、あひぁあっ、やっあっあぁあんっ！」

薄くリップを引いた口元が、汗とよだれできらめく。

その光景は、ちゅぷちゅぷを通り越してじゅぷじゅぷという水音が湧き立つ、彼女の股間と同じくらい艶めかしい。

露《あら》わになったそこをもっと感じたくて、俺は前傾姿勢になる。

「はぁ、はぁ……亮介、君……？」

「礼香、キスさせて」

「……♥　ええ……ん、ちゅ……ちゅぷ、くちゅる……っ」

互いに腰を揺らめかし、汗すらも交わらせている中でのキス。

普段なら決して推奨されない接触行為なのに、ベッドの中ではこうしないといけない気になるから不思議だ。

だからだろうか。キスという行為は、性器同士の交わりと同じくらい、ドキドキする。

「んく……ふ、んむぅ……れぅ、ちゅ、ちゅぷ、ちゅくくっ……」

喘ぎ声を堪えながら、俺に合わせてくれる礼香。

唇の柔らかな感触を楽しみながら、舌と舌を絡ませていく。

つばを混ぜ合わせ、交換していく濃厚な接触。

ディープキスという、恋人同士でしか許されない行為が、ふたりの身体を更に熱くする。

「ちゅく、ちゅぷぷっ……んふ、んく、くふむぅ♥　……ん！　んむぅう！」

たまらなく、なる。

礼香をもっと昂ぶらせたくて、更に腰の動きを速めていく。

「ふむぅっんむぅうっ、んぐ、くふむぅうっ！　ふー、ふー、んー、んー、んーっ！」

すっぽりと唇を覆い尽くして、口腔をかき混ぜながらのピストン。

くぐもった声が、俺の脳に響く。

彼女の吐息の温かさが、背筋を下ってペニスを刺激する。

いつまでも交わり続ける舌と舌、唇と唇。

ほのかなリップの香りと、甘い唇の味は、礼香自身の象徴。

「んむぅっくふむぅっ、ちゅ、ちゅぷっちゅぷっ、くちゅるぅうっ……♥」

礼香も、この恋人同士でしか許されない行為に酔いしれていた。

ディープなキスを繰り返すほど、愛液がこんこんと溢れてくる。

「っふぁ！　はぁっはぁっはぁっ……！　亮介君、私……っ」

「もう、イキそう？」

「ふふっ、伝わってしまうわよね……うん、そろそろ、限界……おまんこが、おっきなおちんちんにつつかれすぎて、嬉しい悲鳴を上げてしまっているの」

絶頂が近づいてくると、ふたりで必ず確認をする項目がある。

膣内《なか》に出すか、外に出すかということ……ではなく。

「んっ、んぁっ……亮介くんの、好きなほうで、いいわよ……」

「そう？　じゃあ……今日は、礼香の声を聞くほうで」

「……♥　ええ、それじゃあ……思いっきり、おちんちんで、突いてっ……♥」

礼香の唇をどうするか、ということ。

大雑把に分類して、キスをしながら達するか、それともイったときの声を聞かせてもらうかの二択。

今は、どちらかというと、えっちな声を聞きたい気分だった。

「じゃ、いくよ」

「亮介君……おちんちんも、私の中で出してちょうだいね」

「うん。最後は奥で、だよね」

「ええ。一緒にいきましょう？」

おまけとして、繋がったままでの絶頂も約束する。

きっちりと予想図を描いた後に、ふたり同時にリミッターを解除する。

しっかりと礼香の腰を抱き寄せて、下半身に集中する。

「んひっ！　ひぐぅうぅぅぅっ！」

艶やかだった喘ぎ声に、切羽詰まった響きが混ざってくる。

これもまた、礼香が登り詰めていくときの合図だ。

シーツをぎゅっと握りしめて、えっちで淫らな行為にのめり込んでいく彼女の姿。

それは、俺しか見ることのできない姿。

そして、俺しか知らない、礼香の本当の姿。

「はっはぁっ、んぁ、ひぁあああっ！　あ、ぁ、あ、あ、ふぁっあぁあああッ！」

一際高くなる、喘ぎ声。

唾液で濡れた唇が、ぶるぶると震える。

それと連動して、膣内のひだひだが、ペニスにまとわりつくように蠕動を始める。

ぬぢゅ、ぬぢゅっという、愛液がかき混ぜられる音。

ピストンを繰り返すたび、ぱんぱんと小気味いい音を立たせながら、ツンと張り詰めた礼香のお尻が波立っていく。

「ひ、ひぁ！　やっあっあぁああっ！　亮介君っ、亮介くぅんっ！」

「うぁ……礼香、すっげ、締まる……っ」

溶け合う感覚が、たまらない。

性器同士が、お互いを更に求めて深く深く交わっていく。

「くぅう！　うぁ、あぁあっ♥　あ♥　あ♥　あ♥　あっ♥　あひぁぁぁあぁあッ♥」

礼香が、小さな舌を突き出して、あられもない声を上げる。

これも……俺が好きな、彼女がイくときの合図。

そして、俺しか知らない、礼香の姿だ。

「だ、だめ、本当に、イっちゃ……ひ、ひぃ、んひぃぃぃぃッ！」

「俺も、出すから……礼香も、イって……！」

「ええ、ええ。イく、イきますっ、亮介君に精液もらって、私、イっちゃううぅっ……！　く、くぅう！　うぁっあひぁあっ！　んぁっあっあぁあああああ～～～～～～～ッ！」

礼香の膣内で、俺の性欲が爆ぜる。

礼香の燃えさかる性欲もまた、膣口の締めつけという形になって現れる。

ふたりの絶頂が、腰と腰を震わせる。

最も深く繋がり、交わったまま、俺たちは最高の瞬間を迎えていく。

「……っ……く、くぅ！　うぁ……あ……んぁ、あぁっ……ひ……は、はぁっ！」

オーガズムをその身で受け止めて、最後まで味わって。

礼香は一つ大きく息を吐いて、肘《ひじ》を折り、ベッドに突っ伏した。

「ふぁ……はぁ、はぁ……亮介、くん……すごく……気持ちよかった、です……」

目尻に涙を浮かべながら、こちらに振り返り、笑みを向けてくれる彼女。

返す返す、思う。

礼香は、俺には過ぎた存在だ、と。

今でも、彼女が俺と恋仲になっていることが信じられない。

学校では真面目で、生徒会長まで引き受けている礼香。

品行方正で、誰からも慕われる存在の見本のような人。

同じ学年だけれど接点なんてほとんどなく、名前を呼ぶにしても勝瀬《かつせ》さん、と名字のほうで呼んでいた存在だったのに。

まさか、こんなに性に奔放で、エロい女の子だったなんて。

さっきみたいに、俺に好き勝手に犯されても悦んでいるし。

瞳を潤ませながら、ペニスに奉仕してきたこともあったし。

礼香とお付き合いをし始めてから、驚きの連続だ。

そして、俺だけが礼香の淫らな姿を知っていることが……ぶっちゃけ、たまらない。

誰も、知らないんだ。

いい意味で学校全体の有名人である礼香が、俺みたいな目立たない陰キャと、こんなふうにセックスをしまくっているなんて。

知らないどころか、欠片も想像できないだろう。

俺自身も、未だに夢じゃないかと思う、彼女との関係。

きっかけは、些細なことだった。

俺が、彼女の顔を――マスクの下の素顔を、見てしまったこと。
それが、ふたりの始まり。
それは、俺が礼香の唇の虜になった瞬間でもあった。

第一章 隠されていた欲望

ジェネレーションギャップ。

ジェンダーギャップ。

その他もろもろ、人々がそれぞれ常識と思っているものが、実は他人とまったく違うということは多々あることだ、と思う。

じーちゃんばーちゃんに言わせると、それこそ世の中の常識が変わった瞬間が、確実にあったらしい。

この国の、この時代。

俺も、そしてクラスメイトも。先生も、校長も、どっかのサラリーマンも、警察官も。民間企業、公務員に関わらず全ての職種の、全ての人間が、外出時にはマスクを着用するのが当たり前になっている。

家の中で家族といるときは、その限りではない。

ただ、行ってきますと家を出るときには、マスク着けた？　と母さんからいつも言われ、着け忘れようものなら外出先で奇異の目に晒される。

なんで着けていないんだ、と。

どうしてマスクをしていないんだ、と。

鼻の部分がフィットするように加工されている、白の不織布一枚。

あるいはデザインされた布製の、手縫いの一品。

とにかく、それらで口を覆っていることが、外に出るときの必要条件となっている。

理由は漠然としているが、最もそれらしいものが『エチケット』だ。

口や鼻は、呼吸をする器官。それを覆うマスクは、自分自身の肺へと送り込まれていく酸素、そして身体の中から排出される二酸化炭素を、より綺麗な状態で外の空気と交わらせるフィルターの役目をしている。

確かにそう考えると、マスクは重要な役目をしている。

ただ、それこそじーちゃんばーちゃんに言わせると、昔は着けないほうが普通だったらしい。

その話題になると、年寄りたちは決まってこう言う。

マスクがないほうが、相手の顔がよく見えるからいい、と。

これもまた、ジェネレーションギャップなんだろう。

俺からすれば、人に常に顔を見せているなんて、恥ずかしいことだ。

特に、口の周り。唇と呼ばれる器官を晒すことには、とても抵抗がある。

形からして、あの野暮ったい隆起。

色もそう。肌と違う、赤々とした、どちらかといえば内臓に近いそれ。

それを見ず知らずの人たちに見せなければいけない……などというシチュエーションは、恥《はずかし》というより辱めの類《たぐい》いだ。

ただ、いや……だからこそ、家族や特別な人には、ためらいなく晒すのかもしれない。

そんなふうに思うようになったのは、ちょうど一年くらい前にあった従姉の結婚式からだった。

ステンドグラス越しの陽光が照らす教会の中で、花嫁が、夫となる人にヴェールをめくられ、マスクをそっと外されて、誓いのキスをする。

その光景に……俺は、とても、とても胸を打たれた覚えがある。

教会の中に、嫌悪や懸念の空気は一切なかった。

人前でマスクを外したというのに、なんて破廉恥な、と気色ばむ人もいなかった。

それは、きっと。

ふたりが、神の祝福を受ける場だったから。

誓いのキスは、夫婦の永遠の繋がりを宣言するもの。その瞬間から、ふたりは他人ではなく、共に歩みを進めるパートナーとなる。

——だから、できるんだ。

キスなんていう、行為を。

マスクの中に隠れている唇を、皆の前にひけらかして……そして、くっつけるなんていう、エロティシズム溢れる行為を、堂々と。

その光景に……俺はほんとうに、とても、とても胸を打たれて。

そして、ドキドキ、した。

興奮を、覚えた。

いつか俺も、素敵な女の子とキスをしたい、と、強く願った。

興奮というものの種類では、恐らく性的なものに近い。

それを外せば、人の体内へと通じる器官をのぞき見ることができる……そういう意味では、マスクは下着と同等の価値があるのかもしれない。

実際、小学校の頃は、よくある女子への嫌がらせとして、スカートめくりと同等にマスク剥がしというものがあった。

気になる女の子のマスクの紐《ひも》を、わざと指で弾いて外したりするヤツもクラスにいた。そのあとしこたま先生に怒られて、親にも連絡される、までがセットだった。

その頃は、女の子のマスクってそんなに外したいものなの？　と思っていたけれど……

従姉の結婚式で、それらが全て繋がった形だ。

いつかはきっと、と思い、悶々とする日々が続いた。

漠然とした女の子への憧れが、マスクの下の唇という器官への衝動と重なる。

おっぱいを見たいとか、パンツを見たいとか、それより先のことをしたい……とか、そんな欲望が湧くと同時に、やっぱり俺はこう思った。

女の子の唇に触れたい。

つやつやの唇に、キスをしてみたい。

そう願って、胸を焦がす毎日。

欲求が膨らみすぎて……自慰をして、吐き出すことの繰り返し。

そう。オナニーをして、欲求を発散することしかできない。それが俺だった。

行動力も度胸もなく、平々凡々とした成績の自分は、小学生の頃、女の子のマスクに指を掛けることなんてできるはずもなく、その後も推して知るべしな、目立たない陰キャ街道まっしぐらな学生生活を送ってきた。

だからこそ、というべきだろうか。

このところは特に、人に言えない欲求を満たす方法――キスをするには、どうすればいいんだろうかと考えることが増えた。

昔はセックスをするよりも簡単だったと聞いても、本当に？　と思ってしまう。

これと決めた女子と、恋人になればできるんだろうか。

でも、カップルになったら即座にキスができるかと言ったら、答えはノーだろう。お互いの距離を縮めて、心と身体を許せるようになって、はじめて唇を許してくれるんじゃないだろうか。

でも、女の子と距離を縮めるにはどうしたらいいんだろう?

学校の用事以外で異性に声を掛けることすらできない俺が、女の子と仲良くなって、キスをするなんて、できるのだろうか?

……と、いうように。

毎日のように、考えが頭の中をぐるぐる回っては、沼にはまって抜け出せなくなる。

結果、性欲だけが進行して、オナニーへ……の繰り返し。

ああ、どうしたらいい。

口元を鑑賞したい。唇に触れたい。キスがしたい。

ただそれだけ。それだけなのに、俺は……!

「きゃっ!」

そのとき。

短い悲鳴と共に、軽い衝撃が肩に走った。

……しまった。学校にいる昼間から悶々としすぎて、前を見ていなかった。

教室から出てすぐの、階段に通じる廊下の曲がり角。

そこで俺は、小柄な女の子とぶつかってしまっていた。

「ご、ごめん、大丈夫？」

軽く尻餅をついた女の子。

ここで手を差し伸べて、起こしてあげればいいんだろうけど、あいにく俺にそんな度胸や心意気はなかった。

自分の中では、大丈夫？　と声を掛けただけでも80点。陰キャなんてそんなもんだ。

「え、ええ……水原《みずはら》くんは？」

「俺は……うん、全然」

「ごめんなさい、前をよく見ていなくって」

「いや、あ、謝らないでよ。前方不注意は俺のほうだから。勝瀬さんを転ばせちゃったんだし、悪いのは俺だよ」

そのときの俺は、コミュニケーションの自己採点が80点から100点まで上昇するくらい、長く話すことができていた。

勝瀬さん。それは、ぶつかった子の名前。

勝瀬礼香。ストレートヘアが特徴の、同じクラスの有名人。生徒会長を務めていて、よく教室と生徒会室を行き来している……らしい女の子。

彼女が教室に戻ってきたタイミングで、俺とぶつかったんだろう。床に散らばったノートには、会誌がどうこうというタイトルがつけられていた。

そして一つ、驚いたことがある。

彼女が俺のことを、水原くんと呼んだこと。

俺みたいな陰キャの名前を、覚えていてくれたこと。

それだけで舞い上がって、悪いのは俺だよ——だなんて言い切ってしまうから、俺は陰キャなんだろうけど。

でも、なんだかとっても嬉しくて。

少し……勝瀬さんのことを、見つめてしまった。

そして、気づいてしまった。

「わ、わわっ！」

「……？　水原くん、どうしたの？」

「勝瀬さん、その、マスク、マスク！」

「え？　あっ……！」

指でマスクの形を作り、手を耳に持っていき、指先で耳たぶの後ろをなぞる。というジェスチャー込みで、マスクをつけて、と促す。

俺とぶつかった弾みで、外れてしまったらしかった。

マスクを外していいのは、校内でも昼食時や外での体育の授業などに限られている。堂々と外していようものなら、先生からどやされる。

クラスでもモブに過ぎない陰キャの俺のせいで、優等生の見本のような勝瀬さんが先生に注意されるとか、あってはならないと思ったから、早くつけてと促したつもりだった。

ただ。

そのときに、俺は発見してしまったんだ。

何気なく見た、勝瀬さんの唇が、淡く、そして艶やかに色づいていたのを。

「……っ、ご、ごめんなさい。恥ずかしいところを見せてしまったわ」

「い、いや……俺、そんなに凝視とか、してないから」

「えっ？」

「ご、ごめん！　それじゃ！」

慌てて、その場を離れる。

男子トイレに駆け込んで、個室に籠もり、ドアの鍵を掛ける。

どう掃除しても暗さと汚臭の抜けないここは、陰キャならではの隠れ家だ。

――ここに駆け込んだ理由は、ただ一つ。

勝瀬さんの唇に、驚いたから。

そしてそれを……俺の心臓が生涯マックスの勢いでバクついているのを、誰にも知られたくなかったから、だった。

勝瀬さん、小ぶりの唇。

可愛らしい声を紡ぐ、そのイメージにぴったりの、ぷるんとした唇。

そこに、ときめいた自分がいた。

春の風の強い日にスカートがめくれ、パンツに包まれたお尻がちらりと見えた……そんなドキドキと、見てはいけないものを見てしまった感。

しかし俺は、ときめいただけではなくて……。そう、驚いたんだ。

彼女の唇の、艶やかさが。

人そのものの、自然のものではなかったから。

生徒手帳に細々《こまごま》と書かれている校則の中に、こういう項目がある。風紀を乱す服装をしてはならない、という項の、細則その3。

『男子生徒、女子生徒共に、唇に薬品以外のものを塗ることを禁じる』。

つまり、唇の化粧……リップは、厳禁ということだ。

理屈としては、わかる。マスクという布に覆い隠された人体のパーツに、学生の身分でお洒落をする必要はない。むしろそれはとてもいやらしいことで、例えば光沢のある黒や赤などの派手な色、あるいは極端に布地の少ない下着を穿くのと同等の、学生に不釣り合いな破廉恥と表現できる行為だからだ。

その解釈に、間違いはない……と、思う。

当然、風紀の項目なんて、いわゆる遊んでいるヤツらは破りがちなものだ。
けれど。
まさか、あの生徒会長が。勝瀬さんが。
マスクの下で、隠れて……あんな、リップをしているなんて。
化粧の知識のない俺でもわかった。
少し深めの桃色。唇の色に合わせた、だけどほんの少し入っている光沢が主張している
勝瀬さんの『校則違反のお洒落』。
あんな真面目な女の子が、隠れてこんなことをしていたなんて。
自分の唇を……あんなに魅力的に、飾っていたなんて。
そう考えると俺は、動揺を隠しきれなくて。
とてもとても、切なくなって。そして……興奮、して。
堪えられなく、なって。
思わず便座を下げ、腰を落とし、ズボンのベルトを外し、ファスナーを下ろして……。
……右手で、自分のモノを擦り上げた。
トイレットペーパーを乱暴にたぐり寄せ、掻き出して。
昼間にも関わらず、そこに欲望の塊を吐き出した。
「はあ、はあ、はあ……」

射精後。俺は息が乱れるままに、激しく肩を上下させていた。

こんなにすぐに、こんなに大量に射精をしたのは、生まれて初めてなんじゃないだろうか？

それだけで治まらず、出した後もしばらくの間、ペニスを扱き続けていた。

最後の一滴まですべてを絞り出すように、湧き上がり続けている熱を追い出すように。

そうでもしないと、収まらなかった。

ズボンを突き破る勢いで勃起したモノを、授業が始まるまでに収める手段は、それ以外になかった。

こんなことをしなくちゃいけないくらいに、衝撃的だったんだ。

どれくらい、そうしていたのだろうか。

やっと、少し落ちついてきた。

絶頂の後に訪れる賢者タイムが、余分な興奮をそぎ落としてくれたのが、今はとてもありがたかった。

冷静になった俺が、俺を見つめ返す。

そして、自分が取った行動に絶望する。

——俺は、こんなところで、勝瀬さんをオカズにしてしまった、と。

その日、俺はただひたすら悶々としていた。

下半身の疼きはある程度収まったものの、勝瀬さんの唇の記憶は拭えなかった。

たった4、5秒の出来事が網膜に焼きついて、脳内をぐるぐると回っている。

授業中の先生の声も、てんで頭に入ってこない。

勝瀬さんの席は、俺の席から二列ほど離れた、左斜め後ろに位置している。

勝瀬さんの口元を見たい。勝瀬さんの唇をもう一度確かめたい……そう思っても、授業中に振り向く度胸なんて俺にはないし、そんなことで悪目立ちしたくもない。

ただ、それでも。

勝瀬さんの、唇が。

ぷるんとした、あの唇が。

校則違反のリップを薄く引いた、あの唇が忘れられなかった。

体育——水泳の授業では、マスクを外すこともある。

けれど、その授業は当然のように男女別だし、そもそも今日の時間割は座学のみだ。

また廊下で、マスクが外れるくらいの勢いでぶつかってみたら？　……そんなことを考えてしまう。

あれは偶然の産物で、もはや平常心を失っている俺にそんな力の加減ができるはずもない。

それに、たとえぶつかったとしても、そう都合よくマスクが取れるとは思えない。

確認する方法も、覗き見する手段も、ない。

でも、見たい。

見たい。

見たい――――!

……と。

左隣の女子が、すっと俺の机に手を伸ばし、何かを置いた。

マスクをしているから詳しく表情は窺えないけど、目元は明らかに面倒くさそうな顔をしていた。

小さな、紙切れ……?

いや、手紙?

裏返すと、几帳面に差出人が書いてあった。

――『勝瀬』と。

先生の目を盗み、丁寧に折られた便せんを開く。

そこに書かれていたのは、綺麗な字で、短くたった一文。

『昼休み、保健室に来て下さい』……だった。

それを読んだ俺は、まるで蛇に睨まれたカエルだった。

簡潔に自分の用件だけを突きつけてきたあの便せんが、俺の恐怖心を煽っている。

よくよく考えれば、悪いことをしているのは勝瀬さんのほうなのに、俺のほうが精神的に追い詰められている。

何もできないし、どうにもならない。あっという間に時間が過ぎ、昼休みになった。

いつもは購買部の列の最後あたりにひっそりと並んで、人気商品が軒並み売り切れたパン屋の余り物を買って昼食にするのが常……だけど、今日はそれも無理だ。パンを買ったとしても、喉を通すことなんてとてもできない。

行きたくない。けれども、断ることもできない。

そんな気持ちを表すかのように、俺の足は重く、歩みは遅くなっていく。

騒がしい廊下を目立たないように歩き、人気《ひとけ》がなくなってきた校舎の少し先、そこに保健室があった。

「失礼します」

扉を開くと、消毒液の匂いがツンとした。

ただ、そこには誰もいなかった。いつも暇そうにしている養護教諭すら姿が見えず、がらんとした部屋が俺を出迎えていた。

むしろその状況が、俺の不安をかき立てていて……。

「志藤《しとう》先生なら、お昼時は外でお弁当を食べているので、いらっしゃいませんよ」

不意に、後ろから声がした。

そして、背中を軽く押され、保健室の敷居をまたがされた。

次いで、ピシャン、と入り口の扉が閉まったのが聞こえ、更にガチャと扉の鍵がロックされたのがわかった。

振り返るまでもない。俺の背を突いたのは……勝瀬さん、だ。

「う、うわぁぁぁ！　ご、ごごごめんなさい、ごめんなさい！」

反射的に、謝っていた。

繰り返すけど、俺は悪いことは何もしていない。

廊下でぶつかったのだって、不可抗力の面がある。

なのに、尻餅をついているのは俺のほう。腕で顔を覆い隠すようにして、後ずさって、みっともない声でごめんなさいを繰り返す。

格好悪いと思っていても、これぱっかりは自分の性格だから治しようがない。

過程がどうであれ、謝ったほうが傷が浅くて済むからだ。

ただ、勝瀬さんは、俺を逃がしてくれそうになかった。

マスクの下から発せられる声は、とても綺麗で……なのに冷静で、鋭利な刃のように研ぎ澄まされていた。

「水原くん」

名を呼ばれただけで、はいぃぃぃぃ！　と裏返った声を出してしまう俺。

勝瀬さんは、そんな俺を見下ろしながら、更に用件のみを突きつける。

「朝の、あのことだけど。私の顔、見たのかしら」

「えっ？　でも、あれはぶつかった俺が悪くて……」

「見たのかしら、と聞いているの。はいか、いいえで答えてちょうだい」

この時点で俺は、精神的に完敗している。

誤魔化しようがないし、嘘をついてもきっと見抜かれる。

……もう、だめだ。正直に言うしかない。

「……それって、マスクの下を覗いたか、ってこと……だよな」

「ええ、そうよ。で、はいなのかしら、いいえなのかしら」

「その、二択だと……は、はいって、ことになる」

「そう。ならそれを踏まえてもう一つ問うわ。水原くんは、私が悪いことをしているという認識を持っているかしら」

「……え？」

何を聞かれたのか上手く理解できず、俺は首を傾げて彼女に目を向けた。

どうやらこちらの戸惑いや疑問が伝わったのだろう。勝瀬さんは気まずげに視線を揺らした。

「ええと、悪いことって？」

「今のは、遠回しな言い方をした私が悪いわ。そうね、もう少しストレートな問いにしましょう」

勝瀬さんの次の言葉は、なぜか先程までの勢いが半減していた。

「私が、校則違反のリップをつけていることを……見た、かしら？」

そう言われた瞬間、脳裏に焼きついたかのような彼女の姿を思いだしてしまう。

たしかに彼女の唇は、淡く色付いていた。艶やかに輝いていた。

自分がトイレに駆け込んでしたことを思い出し、俺は答えを言えずにいた。

「見ていないのなら、今の質問ごと忘れてちょうだい」

「あ、いや……その……」

はっきりしない俺の態度に、勝瀬さんは軽く苛立ったように、さらに問い詰めてくる。

「どっち、なのかしら。はい？　いいえ？」

こんなふうに聞いてくるということは、彼女は俺が見たのだと、確信に近い思いを抱いているのだろう。

誤魔化したり、嘘をついても無駄だ。だったら、事実を言うしかない。

こうなったら、俺のことは煮るなり焼くなり好きにするがいい、という半ばヤケ気味な気持ちもあった。

「ごめん。正直に言う。はい、だよ」

俺の回答を受けて、勝瀬さんがぶるりと身悶える。

それ程までに怒っているのかと思い、俺が更に一歩後ずさる。

何をされるか、わからない。

理詰めでがんじがらめにされて、理不尽な命令をされるとか。

先生に突き出されるとか、あるいは全校生徒の前でマスクの下を覗き見た変態と糾弾されるか。

ああ、痴漢の冤罪ってこうやって作られるんだな、と、頭のどこかでそんなことを考えていた。

しかし。

「……ごめんなさい。ここからは質問ではなく、お願いなのだけれど」

勝瀬さんの勢いが、また、半減する。

「今朝の件は……水原くんの胸の内にだけ、しまっておいてくれないかしら」

「え？　お、俺の？」

「そう。平たく言うと、誰にも言ってほしくないの」

特に先生たちには、と付け加えて、勝瀬さんが顔を赤らめる。

彼女は頭がいい。聡明だ。だから、俺に突きつけているお願いが、理論的には正しくないことをきちんと認識している。

少し、ほっとした。

取って食われることはなさそうだ、と、俺はそう感じていた。

……その認識は、ものの数分で覆されることになるけれど。

「あ、あはは、そうだよな。生徒会長さんが堂々と校則違反をしてました、って周りに知られたら、色々と面倒だもんな」

「そういうこと。理解してくれて、助かるわ」

「……じゃあ、一つ質問していい？　もし、ここで俺が、ノーって答えたらどうする？　俺が先生に告げ口をするっていう可能性は、考えてないんだ？」

「先生方は……そうね、これは事実であって、悪気はない発言だと前置きしてから言うけれど。私と水原くんの証言が食い違ったとして、周りがどちらを信じるのかといえば、私のほうじゃないかしら」

「ま、まあ、そりゃそうだろうね。あはは……」

そこで俺は、改めて勝瀬さんの顔を見た。

この保健室の場において、はじめて視線を合わすことができたかもしれない。

「じゃあ、なんでさっきみたいなお願いをするんだ？」

「先生方はともかく、男子の間で噂が広まると厄介でしょう？」

「……でもそれこそ、俺が出所の噂なんて、信憑性がないんじゃないか？」

「噂は噂よ。すぐに発信源が不明になって、尾ひれがついて、話が大きくなるわ。気付いたときには手遅れになるのが目に見えているから……」

「だ、だから、大元の俺に、釘を刺しにきた……ってこと、なんだ？」

「ええ。本当に、水原君は飲み込みが早くて助かるわ」

「は、はは……なんていうか、こういうシチュエーションには慣れてるから」

「こういうことに、慣れている……？」

「……うん。誰かに言うことを聞かされるような状況のことだよ」

　クラスメイトとの交流激薄、趣味なし部活なしの陰キャなんて、ぶっちゃけカーストでは常に下位だし、イジられる側でしかない。

　自分へのダメージを最小限に食い止めるために、イジってきた相手の要求を素早く察知して呑み込む。それは俺の処世術でもあった。

「なら、改めて聞くわ。先程のお願い、聞いてくれるかしら」

「……じゃあ、回答。『はい』。断る理由もないからね」

「えっ？　本当に？」

「それこそ、俺は小心者だから。ここで勝瀬さんに嘘をつけるような人間じゃないって。大丈夫、黙っているから」

「……信じて、いいのね」

「疑り深いな……はは……」

「ごめんなさい、少し拍子抜けして……だって、私のほうからのお願いよ？　しかも、どちらかというと脅しに近い内容だわ。水原くんから何らかの見返りを要求されてもおかしくない場面だと、そう認識していたの。なのに、あなたからは何の要求もしてこなかったから……」

彼女の言葉が、胸に突き刺さる。

見返りなら、十分にもらっているからだ。

俺は……勝瀬さんを、オナネタにしてしまったんだから。

「……水原くん」

「へっ？　わ、ちょ、か、勝瀬さん？」

驚いたことに、勝瀬さんがしゃがんできた。

俺と目線を合わせる形。上下関係なんてないですよと、彼女のほうから俺に合わせてきてくれた格好だ。

「本当に、私に対して、何か言いたいことや、してほしいことは何もないの？」

「ああ。それこそさ、俺だよ？　生徒会長さんに何かを要求できる人間じゃないし」

「少しは、要求してくれてもいいのだけれど」

「は？」

「……例えば、もう一度マスクの下を見せてくれ……とか」

「え？ あ、え、ええっ？」

そこではじめて、俺は気付く――いや、思いだした。

養護教諭のおばちゃんが出かけていると、彼女が言っていたじゃないか。

つまり……今、保健室には俺と勝瀬さん以外の人間がいないということだ。

見たいと思っていた。彼女の唇を、もう一度、見ることができる？

でも、そんなこと言ってもいいのか？

彼女がこんなことまでして隠そうとしていたことだぞ？

マスクの下を見せてくれ……なんていう要求は、つまりスカートをめくってパンツを見せてくれ、と同じくらいの意味を持っている。

しゃがんだ、勝瀬さんの……スカートの、裾を持って……その、見え隠れしている膝小僧も、その上にある太ももも露《あらわ》にする……みたいな、えっちなこと……！

自分でもはっきりとわかるくらいに顔が熱くなる。たぶん、俺の顔は真っ赤だ。

「ふふっ。私に、興味は持ってくれているみたいね」

彼女の目尻が、下がる。

俺が見た中で、最も柔和な勝瀬さんの表情。

ただ、彼女の圧というか、俺にノーと言わせない威みたいなものは、未だに感じる。むしろ、先程よりも大きくなっている気さえする。

「……？　っ！　か、勝瀬さん！　か、かかからかわないでくれるかな！」

「あら。水原君は男として、女性の私を魅力的に思ってくれているのではないの？」

「そ、それは……」

「私の口元を見て、それから足——スカートに向けたでしょう？」

気付かれていた。知られていた。

気まずさと気恥ずかしさに頭の中がいっぱいになる。

「水原君が私に『興味を持ってくれている』と言うには十分な証拠だと思うのだけれど……。

私の解釈、違っているかしら？」

「ち、ち、違わないけど、だけど！」

「だけど？」

「そんな不用意に、おおお男を挑発、しないほうがいい、と思う！　かかか勝瀬さんみたいな女の子だったら尚更！　き、気をつけたほうがいいって！」

どうしてここまで一生懸命になっているんだろう。

勝瀬さんの言動に惑わされっぱなしで、頭が追いついていかない。

「立って」

「え？」

「立って、水原君」

先に立ち上がる勝瀬さん。

すねから膝に向かう細いラインが目の前にあったけど、それを振り払って俺も立ち上がる。

彼女から遅れること5秒ほど。身長差は10センチから15センチくらい。今度は俺が軽く見下ろす番だけど、精神的にはそんな余裕は1ミリもない。

「私からの要求を無条件で受けてくれた水原君に、一つの新たな要求と、一つの対価を与えたいと思うの」

「よ、要求？　対価？　まだあるの？」

「ええ。まずは要求。万が一、不測の事態を避けるために、水原君を監視させて」

「監視っ？」

「不自然にならないよう、恋人という体裁で接するのが一番ね。どちらから告白したかはぼかしておいて、きっかけは……そうね、二週間ほど前、水原君、私の生徒会の仕事を手伝ってくれたことがあったでしょう？　それを期に距離が縮まった、ということにしておきましょうね」

「ま、待って！　話が急すぎだって。確かに俺、勝瀬さんの手伝いをしたかもしれないけど、あれは先生の指示で、断るのが面倒くさかったからで……」

「あら。自分のことをそんなに必死に否定するなんて。優しさの裏返しとか、照れ隠し……などと認識してしまいますよ？」

「け、けどっ！」

「それとも、私が恋人では不足でしょうか」

「そんなことはない！　ないから！　勝瀬さんは美人で、可愛くて、賢くて、綺麗で、唇もつやつやしてて……そんな女の子が彼女になるなんて、男からしたら夢でしかないよ」

「くすっ。そこまで褒めてくれると……私も、背筋がかゆくなってしまいます。でも……そう評価してくれると、素直に嬉しいです」

見とれそうに、なる。

いや、もう俺は、勝瀬さんに見とれてしまっている。

マスクの下の小さな唇から、流暢《りゅうちょう》に湧き出る言葉の数々に、その声の響きに、聞き惚れてしまっている。

「……わ、わかった。恋人……演じればいいんだよな」

「はい。私が声を掛けても、あまり挙動不審にならないでくださいね」

「あ、ああ。努力、してみるよ。で？　なんだっけ、要求と対価、だっけ」

「ええ。恋人のように振る舞うのが要求。もう一つは、私の願いを聞いてくれた対価として……」

そこで、勝瀬さんは。

軽く背を反らし、あごをくいっと持ち上げて、目を閉じた。

「マスク、ずらしていいですよ」

「…………っ⁉」

「私の、唇……今なら、もう一度見せてあげます」

言葉に、変な重さは感じられない。

勝瀬さんが、何かを企んでいるようには思えない。

唇という、隠しておいてしかるべき場所を、俺に見せようとしている、ただそれだけ。

あえて付け加えるなら……そんな勝瀬さんに動揺している俺を観察して、からかっているようには見える、けど。

ごくん、と、一つつばを飲み込む。

他人のマスクをずらしたり外したりすることも、もちろんいけないことだ。この場合、俺は勝瀬さんに校則違反を強要したことになるんだから。

でも。

いけないことと知りながら。

俺は……彼女の耳元に伸びようとする手を、止めることができなかった。

「……いいん、だよな」

「はい。どうぞ」

理性が、知的好奇心と性的な欲望に負ける。

他の誰でもない、本人がいいと言っているんだから。

……マスクをずらさない、という手はない。

もう一度見てみたいと思った、勝瀬さんの唇。たった数秒の記憶がオナネタになる、勝瀬さんの唇。あの艶やかな勝瀬さんの唇を、もう一度。

「………………っ！」

息を呑んで、禁断の行為を実行に移す。

震える指で、あごに伝っていたマスクの下辺を持ち上げる。

上にまくれた不織布が、勝瀬さんのすらりとした鼻に引っかかる。

「……う、うわ……」

もう、感嘆の声しか出なかった。

マスクに手を掛けたまま、俺は動けず、ただただ勝瀬さんの唇を凝視していた。

薄く塗られたリップはそのままに、ほんの少し前に尖っている。形も小ささも、男の俺のそれとは大きく違う、可愛らしいとしか言いようがない器官。

見惚れてしまう。いや、見惚れることしかできない。

「……くすっ。どうして、固まってしまっているの？」

「え？　あ、で、でも……」

「水原くんは、私の口に興味があったのではなかったのかしら」

「興味はあるよ。大ありだよ。ほら、今でも食い入るように見てるじゃないか」

「……私が言っているのは、ただ見るだけで、他に何もしなくていいのか、ということなのだけれど」

「えっ……？」

もっと見ていたい。

鑑賞し続けていたい。

勝瀬さんが息をするたび、薄く開いた唇から吐息が漏れる。

勝瀬さんが話すたび、口元の筋肉に合わせて器用に唇が動く。

そんなさまを、ずっとずっと見続けたい。

そう願っていたところ、不意に視界から勝瀬さんの姿が消えた。

「え？　えっ？　わ、勝瀬さん、何を……」

「水原君が尻込みをしているようだから、私からしようと思ったの」

「だ、だから何をする気だよ」

「決まっているじゃない。唇を使った、えっちなことよ」

「決まってって、誰が決めたんだよ、そんなこと」

「さあ？　私が独断で、かしら」

俺の前にしゃがみ込んだ彼女。期待があふれるが、マスクはすでに戻ってしまっているのが残念だ。カチャカチャという音と、ジィィ、という音が矢継ぎ早に聞こえてくる。

不意に、太ももの辺りに風を感じ、ズボンの中に籠もっていた熱気が逃げていく。

「これは……勃起、しているのかしら」

俺が抵抗する前に、トランクスまでもずり下ろされる。

半端に血の通ったペニスが、勝瀬さんの目の前に突きつけられる。

「水原君。これはどういう状況かしら」

「ど、どうって。勝瀬さんに、襲われてる……？」

「違うわ、水原君のおちんちんのことを言っているの。これはどういった状態？　勃起しているの？　それともまだ興奮が足りない状態？」

「そ、それは……ぼ、ぼ、勃起、している……と、思うんだけど」

「でも、私が知っている興奮状態のおちんちんと、形が違うわ」

「っ！　ほ、ほっといてくれるかな」

「……？　どうしたの？　怒っているの？」

正確には、怒るというより、拗ねるという表現のほうが的確だ、と思う。

勝瀬さんが言っている、『私が知っているおちんちん』は、きっと成熟した大人の勃起ちんぽってヤツなんだ。

ただ、俺はこの通りの陰キャで、だから女の子と関わることなんて今まで一切なかったから、当然の如く童貞で、そして……。

「……ごめん、包茎で。勝瀬さんが望んでいたちんこじゃなくって」

正直に、言った。

俺は、勝瀬さんの前では素直になってしまう。

嘘がつけない、ついてもすぐに見透かされてしまう、とわかっているからだろう。

「包茎って？」

「またまた。知ってるだろ、皮が剥けきっていない、大人になりきれていないちんこのことだよ」

「皮？　ああ、先端に被って、中のものを覆っているこれのことかしら」

「……丁寧に説明してくれなくていいから」

「ご、ごめんなさい。また、水原君が怒るようなことを言ったみたいで……」

調子が、狂う。

ズボンを下ろされたのは俺のほうで、ともすれば俺が襲われているこの構図。

なのに、勝瀬さんも俺も、謝ってばっかりだ。

「……だとすると、この皮を剥けばいいのかしら」

「えっ？　勝瀬さん、やる気なの？」

「そのやる気というのが、何を意味するかはわからないけれど……水原君のおちんちんが皮を剥くことで正常になるとしたら、私はそうするわ」

彼女の指が、肉塊の根元に触れてくる。

それだけで、びくんと腰が跳ねてしまう。

ある意味での好意を持って、同年代の女の子に身体を触られたのは、これが初めてだ。

そう、身体を触られたのが初めてなんだ。男性器とか、唇とか、性的な行為における接触ではなく、ただ触れる、それだけのこと自体も初めて。

「動かないで。大丈夫、ゆっくりするから、痛くはないと思うわ」

両手で包み込むようにして、勝瀬さんがペニスに触れてくる。

先端にかかっている皮を、ゆっくりと下にずり下ろす。

次第に姿を見せる、真っ赤な亀頭。

それを真剣な眼差しで見つめる勝瀬さん。

どうすればいいんだ、この状況。

羞恥と劣等感で、頭がおかしくなりそうだ。

「……ん、しょ……こう、かしら。これでいいのかしら」

皮がカリ首の突起を超えたところで、彼女が俺の顔を上目遣いに覗き込んでくる。

「……っ……剥く、っていう行為がしたかったんだったら、それでいいと思う」

「そう？ でも、中に隠れていた先端が、少々汚れているような……」

勝瀬さんが、臆することなくそこに鼻っ面を近づける。

「わ！ 何してるんだ、勝瀬さん！」

「すん、すん、くんくん……独特な匂いがします……これが男性の匂い、ひいてはおちんちんの匂いということなのでしょうね」

「匂い嗅いだらだめだって。汚いよ」

「どうしてですか？ これからもっと、おちんちんに密接した行為をしますのに」

「っ、けど……いや、だけど……！」

今朝、自分がしでかしたことを思い出す。

この仮性包茎のペニスが我慢できなくなって、俺は学校のトイレでオナニーをした。射精をした。時間がないから先端を拭くのもそこそこに、教室に戻った。

つまり、皮を被っていた亀頭のへりには、チンかすというよりは、射精した後の残滓がこびりついているわけで……。

「まぁ、細かいことは気にしなくていいでしょう。では……」

「か、勝瀬さん！ ストップ！ ストーップ！」

「えっ？」

マスクをやや持ち上げ、無防備にも唇を近づけようとする彼女を、慌てて制止する。

「汚いって言ったよね？　なんでそんな、く、口づけするようなことを」

「あら。おちんちんに、キスをしようとしたんですけど」

「き、キスぅ？」

「ええ。フェラチオ、ご存じではないですか？」

ああ、もう。

何がなんだか、わからない。

わからない上に恥ずかしいし、なされるがままになっている自分が情けない。

そしてこの場も、俺が何かをする前に、勝瀬さんの行動力が勝る。

「では、汚くなくすればいいんですよね」

「すれば、って。どうするんだよ」

「ここは保健室ですから。消毒用のアルコールも、ガーゼもあります」

使い捨てのガーゼに、アルコールを一吹き。

そっと亀頭に当てて、やんわりと表面を撫でてくる。

「……う、う……！」

思わず、声が漏れる。

恥ずかしい。けど、勝瀬さんの手が気持ちいい。

アルコールが染みる感覚と、揮発していくときの爽快感が相まって、余計に亀頭が敏感になっていく気さえする。

「……これくらい、念入りに消毒すれば、できるわよね」

理詰めで追い詰められ、物理的にも背中に壁を背負って、俺は双方の意味で追い詰められていた。

でも、そんな精神状態とは裏腹に、俺の視線は瞬きする間も惜しんで、捲られたマスクの下からから覗く唇を追いかけている。

そっとあごを突き出して、鈴口に口づけする、その唇を……。

「ん……ちゅ……っ」

電撃どころではない、その衝撃。

マスクの下で、俺のペニスと勝瀬さんの唇が重なった。

凄い衝撃。甘い甘い痺れ。

「ちゅ、ちゅく……んく、ちゅぷ……」

更に続く、キスの雨。

俺の下半身における一番エロいところと、勝瀬さんの上半身における一番エロいところが、静かに触れ合っていく。

亀頭を濡らす、勝瀬さんの唾液。

小さな唇の跡が、無数についていく。

「くちゅ、ちゅくくっ……ん、ぁふ……どうですか、水原君」

「っ……はぁ、はぁ……勝瀬さん……うぁぁ……っ」

「……それは、どちらの意味の回答でしょうか。快感を得てたまらない、というため息ですか？　それとも、おぞましさから身震いして、止めてほしくてたまらないといったため息ですか？」

「と、とんでもない！　気持ちよくてたまらないんだ！」

「……くすっ♥　そうですか。なら……嬉しい、です」

わからない。

何もかもが、理解できない。

これが、対価？

勝瀬さんと擬似的な恋仲になる、対価？

しかも、ペニスに慣れているかのような、勝瀬さんの態度。

かと思うと、いちいち俺の反応を確かめるような素振りを見せてくる。

玩《もてあそ》ばれているのか、それとも純粋にフェラチオという奉仕をしてくれているのか。

わからない。

勝瀬さんが、理解できない。

ただ一つ、勝瀬さんの唇が、過去最大級の快感を俺にもたらしているということだけは確かなことだった。

「ちゅ……ちゅっ……くちゅ、ちゅぷ……」

剥き出しになった亀頭に、ついばむようなキスが降り注ぐ。

触れ合うたびに、唇の柔らかさや温かさが伝わってきて、興奮が更に増す。

「舐めて、みるわね」

やっと刺激に慣れたかも、と思ったところでの、更に魅力的な提案。

唇だけでなく、舌先が竿の表面を這っていく。

マスクの下に隠れていた口。更にその中にしまわれていた舌。唾液にまみれたその器官が、自在に動いて肉棒を舐め溶かしていく。

「くちゅ、ちゅぷぷ……れぅ、れりゅ、れりゅぅ……っ」

たくし上げられたマスクの下で、なんとも言い表せない水音が立つ。

視覚だけでなく、聴覚もまたエロい気分にさせられる、フェラチオという行為。

薄目でうっとりとした表情をしながら、勝瀬さんがペニスを舐め、啜っていく。

「んれぅ、ちゅぷぷ、ちゅくくっ……んく、んれぅ、くりゅっくりゅぅ……」

「あ、あぁ……勝瀬さんっ……！」

「……ん……こんどは……どちらの意味で、私の名を呼んだんですか？」

「た、たまらないって、意味で……！」

「くすっ♥　それじゃ、もっとしてあげますね」

「っ……！　く、くぅ！　だめだ、気持ちよすぎて……っ、うぁあ！」

「……あまり大きな声を出すと、廊下に響いてしまいますよ」

「ご、ごめん。でもこれ、声が出るくらい、本当に気持ちいいんだって」

「ふふっ。本当に気持ちよくなるのは、これからじゃないですか？」

ここにきて、俺は。

明らかに、勝瀬さんの言う『これから』に、期待してしまっていた。

「フェラチオ、ですから。咥えるのが普通ですよね？」

咥えて、もらえる。

この唇がペニスを締めつけて、この舌がペニスを舐め上げる、ダブルのご奉仕。

ぶっちゃけ、今朝もこんな展開を妄想して抜いた。

それが現実になった形。ただ一つ、違うことがあるとすれば……。

「……では、いきますね。至らない点があったら、遠慮なく指摘してください。んく……んむ、ぁむ……れぅ、じゅぷぷっ……！」

リアルのフェラチオは、妄想のそれよりも、十倍、いや百倍は艶めかしいということ。

小さな口をめいっぱい開いて、勝瀬さんが頭を前に押し出してくる。

亀頭がすっぽりと収まったあたりで、ゆったりと舌が竿の下部を捉えてくる。

「……うぁ……あぁ、熱い、熱いよ、勝瀬さんっ……！」

「……それふぁ、ろっちの意味、れふか？」

「気持ちいいんだ、すごく。すごく！　勝瀬さんの口の中……これが、これがっ……！」

「んふふ♥　ふぁりふぁろう、ふぉらいまふ」

「ッ！　ッッ！」

勝瀬さんが口を動かす。

何を言っているかは聞き取れないけど、そうやってあごをもごもごと動かすだけで、舌や下唇がペニスと擦れてビリビリと電気が走る。

「……？　んふぁ……あ、そうですね。咥えたままだと、聞き取りづらいですよね。では改めて。ありがとうございます♥　私のお口、気に入ってくれて何よりです♥」

一旦頭を引いて、にこっと笑い、自分の言いたいことを言い切る勝瀬さん。

ただ、そんなときも完全に唇をペニスから外すことはなく、先端のくぼみにキスをしながらしゃべっている。

快感を途切れさせない、徹底したご奉仕。

既に俺は、射精を堪えられているのが不思議なくらい、昂ぶってしまっている。

「じゃあ、続けますね。今くらいの力加減で、いいですよね？」

「ああ。してほしい。さっきみたいに。お願い、勝瀬さんっ……！」

「……そうやって、私を求めてくれるのは、嬉しいです。これからもそのようにしてくれると……私も、やり甲斐があります♪」

勝瀬さんが、ペニスを咥え直す。

本格的にいきますよ、と、上目遣いに訴えながら。

「んむ……んく、くちゅる……じゅぷ、じゅぷぷっ……」

さっきより少し深く咥え込んで、そして。

「んじゅる……ぢゅぷ、ぢゅぷっ、ちゅぷっちゅぷっじゅぷっじゅぷっじゅぷっ♪」

リズミカルな前後運動が、俺の芯を捉えてきた。

心地いい。

気持ちがいい。

このまま考えることを放棄して、ひたすら勝瀬さんの唇を感じ取っていたい。

ひょっとしたら、それが許されるのかもしれない。

いや、それでいい。勝瀬さんがしてくれるんだから。俺はそれを受け止めて……。

「……ふふ♪　んくぷ、ぷちゅる……んれぅれぅれぅ、れりゅれりゅれりゅうっ」

「うぁ！　か、勝瀬さん、それ……っ、ぐ、くぅぅぅう！」

……受け止め、きれない。

次から次へと違う責めを繰り出してくるフェラチオに、ただただ翻弄される。

前後運動で竿を擦られた次は、舌先を使った亀頭への徹底したくすぐり。ジンジン、ビリビリという刺激が、俺の腰を震わせる。

「……んふふ～♥　んちゅ、ちゅぷ……♪」

そして、この勝瀬さんの表情。勝瀬さんの視線。

女子からはじめてされるフェラチオに酔いしれてしまっている俺を、満足そうな笑みで見つめ、もっと感じていいですよと許してくる、その瞳。

「ちゅぷ、んれぅ……ふふっ、これが、本物のおちんちんなんですね。本気で勃起した、水原君のおちんちんなんですね」

「……うぅ……そりゃ、こんなにされたら、ガチガチになるって」

「ええ。ガチガチで、反り上がって……なのに、私が舐めるたび……ちゅ、ちゅぷっ……こうやって、全力で反応してくれる……んれぅ、れりゅぅ……感じてくれればくれるほど味も濃くなって、ぽかぽかしてきて、震えてきて……ふふっ、水原君のおちんちん、すごくすごく好きですよ」

「く、くぅ……俺も、勝瀬さんの唇、好きだ……小さくてちょこんとして可愛いのに、マスクの下でリップして、ちんこにえっちなキス、してきてっ……」

「ふふっ、褒めても何も出ませんよ？　まぁ、私も嬉しくなって……もっと大胆に、おちんちんをおしゃぶり、したくなってきますけど……♥」

えっちだ。

勝瀬さんは……とてもとても、エロくて、大胆で、卑猥で、淫らで。

さっきまではリップに、そして今は彼女の唾液で濡れた唇が……すごく、素敵で。

「んく、くぷぷっ、ぷちゅっちゅるるぅっ、くぷっくぷっぷちゅっぷぢゅっ」

また、リズミカルな動き。

今度は首の角度を変えながら、舌の当たる位置に変化をつけてくる。

「じゅぷっじゅぷぷっ、ぢゅっぷちゅっぷじゅっぷじゅっぷぐっぷぐっぷぐっぷ」

「はぁ、はぁ……くぅっ、勝瀬さんっ……！」

彼女の唇のエロさに、感動すら覚えてしまう俺。

そんな俺を見つめながら、更に積極的になっていく彼女。

頭の中ではもう、この快感の果てにあるものしか考えられなくなっていた。

「勝瀬さん……うぅ、勝瀬さん、ダメだ、俺、出そう……！」

「ん♥　んく、くぷぷっ、じゅぷぷぷッ」

「だ、ダメだって、出そうなんだって。なんでそんな、咥え直すみたいなこと……」

「んじゅる♥　じゅぷぷっ♥　ずぷっずぷっずぷっ♥　じゅぷっぐぷっぷぢゅるぅっ♥」

舐める、啜るを通り越して、勝瀬さんがペニスにむしゃぶりついてくる。

襲いかかる圧倒的な快感で、足腰の踏ん張りが利かなくなる。

腰が不規則に震え上がる。これはもう、自分で制御できない類《たぐ》いの脈動。

「んっ♥　んっ♥　んく、ぐぷぷっ♥　じゅるるるっ、じゅりゅりゅりゅりゅぅっ♥」

「うぁ……勝瀬さん、もう、俺……あ、あぁあああ！」

「……ッ！　んぐ、ふぐむぅ！　んんんっ、んんん〜〜〜〜〜〜〜〜〜〜〜っ！」

欲望が、爆ぜる。

勝瀬さんの、唇の奥で。

びくびくとわななくペニス。裏筋を通って噴き上がる精液。

「……んむ……んく……んぐ、っく……んく、こく、こく、んぐ、こくっ……」

驚いたことに、勝瀬さんは。

俺が吐き出した精液を、一滴残らず喉の奥にしまい込んでいった。

丁寧に、丁寧に。尿道に残った白濁液も、舌先でゆっくりと啜られて。

そして……小さな喉が、静かに鳴っていく。

「んく……こくっ……ん、んむぅ……っ、ん……ふぁ……あぁ……」

ようやく勝瀬さんが、俺の股間から口を離す。

俺は腰を抜かして、その場にへたり込んでしまった。

だって。

こんな快感、今まで知らなかった。

密閉された温かい空間に射精したことなんて、今までなかった。

しかもそれが、オナホールみたいな無機質な空間ではなく、よりによって勝瀬さんの唇の奥だという現実。

あまりの出来事に、これが全て夢なんじゃないかと思うくらいだ。

「ふふ。水原君、これでわかってもらえたかしら」

「……へ……な、なにが……?」

「私が本気だということ、です。恋人の関係、続けてくれますよね」

得体の知れなさは、拭えない。

勝瀬さんの本心は、未だに見えない。

けれど、彼女の唇という快感を知ってしまった俺は、首を縦に振ってしまう。

この、保健室での一件で。

俺は……勝瀬さんの唇に、身も心も捕らわれてしまったんだ。

午後の授業は、また違った意味で頭に入らなかった。

まだ、腰がふわついている。絶頂の余韻が、いつまでも背筋を痺れさせている。

ぼーっとしたまま、時間だけが過ぎていく。

授業中、勝瀬さんの唇の感触を反すうしかけて、慌てて理性を総動員させたことが何度かあった。

それは、授業が終わっても続いていた。

家に帰る気になれず、皆が帰途についたり部活動に行った後も、なんとなく教室でぼーっと過ごす。

そうだ、帰らないと、と気づいて、未だに痺れている腰に活を入れ、鞄を引っさげて立ち上がる。

と。

校門まで歩いたとき、鞄の中の携帯が震えた。

保健室でのあの行為の後、よく覚えてはいないが、連絡先の交換をしていたらしい。

勝瀬さんからのチャットメッセージが、画面に出る。

『そこで待っていてちょうだい』。

慌てて、周囲を見渡す。

彼女に見られていた？　どこから？　いや、いつから？

校庭や昇降口に、彼女の姿は見当たらない。

と、西塔の校舎の三階にある一室で、カーテンが閉まった。あそこは確か生徒会室だ。勝瀬さんはそこから、こっちを見てたんだ。

……でも、この距離で？

しかも角度的に、俺の顔は見えないはず。マスクも着けているから尚更だ。まさか、後頭部だけで判断した……？

考えを巡らせているうちに、少し怖くなってきた。

勝瀬さんが抱いている感情の大きさを、俺は計りきれなくなっていた。

待っていて、という指示に逆らえず、5分ほど校門で待つ。すると、彼女が息を切らしながら駆け寄ってきた。

「はぁ、はぁ……お待たせ、水原君」

「お待たせ？　えっ、なんで？」

「なんでって、一緒に帰るのが筋でしょう？　恋人同士なのに、連絡もくれないでひとりで帰ってしまうなんて、ひどいと思いません？」

「あ、ご、ごめん……そこまで頭、回らなくて」

「ふふっ、冗談です。私がこういうこと、したかっただけです。彼氏と一緒の帰り道……ささやかな憧れ、という感じですかね」

「…………」

「どうしましたか？」

「い、いや。勝瀬さんでも、そんな俗っぽいことをしてみたいものなんだな、って」

「あら。私、水原君に、どれだけお高い人間だと思われているんでしょうか。そんなことはないですよ、私は普通の女子です」

とっさに二種類のツッコミが頭に浮かんで、どちらにしようか迷って、結局どちらも言えなかった。

全校的に有名な生徒会長が、普通の女子なわけないだろ、というのが一種。

そして……普通の女子が、接点のなかった陰キャをいきなりフェラしたりしないだろ、という至極真っ当なツッコミがもう一種。

いつもは背中を丸めてとぼとぼと歩く帰り道。

隣に女の子がいるというだけでも、奇跡だといえる。

しかもそれで、無言ではなく、ある程度会話が進んでいるから奇跡中の奇跡だ。

「水原君は、家はどのあたりなの？　通学はどうしているの？」

「で、電車だよ。学校の最寄り駅から、下りで二駅いったところ」

「そうなんだ？　じゃあ、私と同じ駅かな」

「勝瀬さんも？　あれっ、た、確か、中学は別だったよね」

「中学、お隣さんだったんじゃないかしら。私、第二中学校出身よ。水原君は？」

「俺、第三中。じゃあ……」

「くすっ、そうね。方向も一緒だから、これからこうやって、ふたりで帰れるわね」

……大半はこうやって、勝瀬さんのほうから話を振ってくれているわけだけど。それでも、きちんと話題を返して、会話を途切れさせまいと努力している自分にびっくりする。

学校から駅まで歩いて。

二駅ぶん、電車に揺られて。

そこから、また歩く。

カップルは男は車道側を歩くのが普通、なんていう聞きかじりの知識を引っ張り出して本当に車道側を歩いてみたりもした。

そして、ちょうど中学校の学区の境目あたりに差し掛かる。

「じゃ、じゃあ、俺、家はこっちだから」

「待って」

彼女に背を向けようとした俺の腕を、勝瀬さんが掴んでくる。

「せっかくなので、私の家に寄っていきませんか？」

半ば強引に、勝瀬さんの部屋に誘われた。

保健室での一件が、頭をよぎった。彼女の行動力を考えると、断れないと悟った。

はじめて入る女の子の部屋は……とっても、いい香りがした。

学習用の机。ハンガーラック。シェルフ。ベッド。家具の種類は俺の部屋のものとそう変わりはないはずなのに、目に入るもの全てが、きらびやかで可愛らしく感じられた。

「お待たせしました。飲み物、紅茶でよかったかしら」

「うぇ？　あ、あっ、おかまいなく」

別の部屋のキッチンから、勝瀬さんが戻ってくる。

小さなお盆にグラスが二つ。俺と、勝瀬さんの分だ。

なんだろう。そわそわする。

いや、ふたりで帰るとわかったときからそわそわしていたけど、それ以上に落ち着かない。尾てい骨の周りがムズムズする感じだ。

本当に、勝瀬さんとお付き合いをするようになったら、これが日常になるんだろうか。そんな現実離れした夢が、ふと脳をよぎる。

「隣、いいですか？」

カーペットの上に座っていた俺の横に、自然と、勝瀬さんが腰を下ろす。

そしてまた、自然と耳に指を掛けて……自分のマスクを、外した。

慌てる俺。

そんな俺を、上目遣いで捉える彼女。

「プライベートなんだし、無理にマスクを着けている必要はないですよね」

「そ、そういうものなのかな」

「ええ。誰にも見られていないんだし、平気ですよ」

「でも、勝瀬さんのお母さん？　ご両親？　とかに見つかったらヤバいんじゃ」

「大丈夫です。今日、お父さんもお母さんも、仕事で帰りが夜遅くになりますから」

「え？　えっ？　ちょ、ええっ？」


親の帰りが遅い。

仮とはいえ彼女の部屋で、ふたりきり。

このシチュエーションは、俺という童貞の想像力をエロ方向に傾けるに十分すぎる。

しかも、邪魔は入らないという設定を作り上げたのが、他の誰でもない勝瀬さんだという この事実。

……誰も、見ていないのなら。

そんな判断が、小心者な俺の指を、いけない方向へと突き動かす。

俺は、多分。

物心がついてから、はじめて。

家族や親戚以外の人前で、マスクを外した。

自然と彼女の唇に目が向く。そして勝瀬さんも、俺の口元に視線を注いでいる。

くすぐったさは最高潮。お尻のムズムズも継続中……だけど。

なぜか少し、部屋の空気みたいなものが落ち着いた、そんな感じがした。

「……水原君の唇、そういう感じなんですね」

「か、勝瀬さんも……本当に、唇、小さいね」

「ふふっ。男の人と比べると、そうなのかもしれないですね。私は逆に、水原君の唇からはたくましさみたいなものを感じます」

「そ、それは男と女の差っていうか。お、俺がたくましいとか、あり得ないから」

「あら。男の子のほうが力は強いんだし。いざとなったら、私のほうが押し倒されてしまうんじゃないかしら？」

「勝瀬さんっ。か、からかわないでって」

「くすくすっ。ごめんなさい？　でも……私は、そうしてくれても構わないんですよ？」

「また、そうやって、からかって……」

「ふふふっ♥」

勝瀬さんとの、ふたりきりの時間が流れていく。

そうしていくと、どんどんふたりの関係が、正真正銘の恋人同士のように思えてくるから不思議だ。

「……水原君。触ってみていいですか？」

「ど、どこに？　もしかして、唇に？」

「ええ。こんな機会、めったにないですから。もちろん、水原君もね？」

「さ、触っていいの？　勝瀬さんの唇……」

「もちろん」

そっと、勝瀬さんが身体を寄せてくる。

膝と膝が、触れ合う。

次いで、細くて白い指先が、俺の下唇をそっとなぞる。

「っ……！」

ジン、と唇が痺れる。

まるで、ペニスに指を這わされたときと、同じような感覚。

剥き出しの唇に触れられることが、こんなに恥ずかしくて、気持ちいいなんて。

「……勝瀬さん、さ、触る、よ？」

彼女がくれた刺激が、俺の指先を大胆に動かす。

同じように、下唇をなぞる。

と。

「んっ……！」

彼女も俺と同じように、ぴくんと背筋を震わせて、腰をよじった。

いつも、直には見ることのできない場所。

指を唇の色の境目に伝わせることなんて、到底かなわない場所。

そこを、お互いになぞる。

優しく、丁寧に。慎重に、時には大胆に。

主観的に見ても、客観的に、そして冷静に判断しても。

これはもう……愛撫、そのものだ。

「……男の人の唇って……もう少し、ごつごつしているものだと思っていたのだけれど。水原君は、柔らかいんですね……触ってると、心地いい……」

「か、勝瀬さんだって……リップ、つけているからってのもあるけど……つ、つやつやですべすべで、いつまでも触っていたくなる唇だよ」

「くすっ。お上手ですね、水原君」

「本当のことを、い、言っただけだから」

なで、なで、なで。

さわ、さわ、さわ。

ぞくぞく。びくびく。

そんな擬音が、ふたりの間に生まれていく。

「勝瀬さんって……リップ、い、いつからしてるんだ?」

「……いつからだったかしら？　ふふっ、忘れちゃいました♪」

「忘れたって。はじめてつけた記念日とか、覚えてないんだ……」

「高校に上がって、少ししてからっていうのは、なんとなく覚えているんです。けど……はっきりと何月何日、っていうのはないですね」

「じゃあ、今は毎日、朝から？」

「いえ。体育がある日は、さすがにしていないわ」

「あ、そっか。外の体育のときは、マスク外すから……」

「でも、体育が終わったら、こっそりとリップを引くんです。昼休みの終わりの頃とかに、隠れてシュッ、ってして、唇に馴染ませて」

「…………」

「どうしたの？」

「い、いや……勝瀬さんって、思ってたより悪い子なんだな、って」

「くすくすっ。確かに、いい子ではありませんね。積極的に異性交遊もしようとしているわけだし」

「積極的に、って」

「今がまさに、そんな感じですよね？」

　勝瀬さんの顔が、近づいてくる。

俺が何を求められているのか、なんとなくだけど、わかった。

「……いいの？」

「ええ。キス……しましょう？」

そっと指を下ろして、顔を寄せる。

けど、そこで、おでこがコツンと当たってしまう。

「あたっ」

「きゃんっ」

軽い衝撃。

くすぐったい空気が、混ぜっ返る。

「……くすっ、あははっ。失敗してしまいました」

「ご、ご、ごめん。俺、こういうこと、したことないから」

「お互い様ね。えっと、どうすればいいのかしら、キスって」

どうすれば、と言われても、俺も経験がないから困る。

でも、キスはしたい。勝瀬さんの唇をもっと感じたい。

なけなしの知識を引っ張り出してようやく、俺は従姉の結婚式のシーンを思い出して、一つ提案をした。

「首、ちょっと曲げて。顔を傾ければ、角度がついて、いい感じになるんじゃないかな」

「なるほど、そうですね。やってみましょう」

もう一度、顔を近づけて。

「右に？　左に？」

「ふたりで、右に傾ければ……重ならなくて、済むかな」

「ええ。じゃあ、右に……」

ゆっくりと、傾けて。

……今度は衝撃なしに、唇同士が、触れ合った。

「……ん……」

「……っふ……んく……ちゅっ……」

キス。

これが、キス。

指で触れた、あの柔らかな感触が、今度は唇越しに伝わってくる。

勝瀬さんの、息遣いも。

勝瀬さんの、体温も。

もっと間近に、もっと鮮明に、感じ取ることができる。

程なくして、唇が離れる。

でも。

もう一回、したい。何度でもしたい。

マスクを着けていない今しか、こんなことはできないんだから。

「……ぁふ……キスって、こういうふうでいいのかしら」

勝瀬さんが、少し不安げに聞いてくる。

あんなに積極的に、俺にフェラまでしてきた彼女が、キスには疎いっていうのはどういうことなんだろう。

……ただ、今はそれどころじゃない。

もっと、したい。キスをしたい……！

「大丈夫。勝瀬さんとするキス、すっごい気持ちいいから」

「本当？　で、でも、鼻息とかがかかって、くすぐったくならない？」

「それもひっくるめて気持ちいいから大丈夫」

「そう？　じゃあ……」

「もう一回？」

「ええ。一回だけじゃなく、何度でも……」

嬉しい。

キスをすることが。そして、勝瀬さんもキスを求めてくれていることが。

「……ん……っ、ちゅ……」

「んく……んむ、ちゅぷ……」

ふたりの唇が重なる。吐息が合わさる。体温が混ざり合う。

至福のとき。至高の瞬間。それだけで絶頂してしまいそうな満足感。

身体全体に回る、ジンという痺れが心地いい。

……ただ。

そんなふうに、キスに酔いしれていた俺に。

彼女の行動力が、襲いかかってきた。

「んく……ちゅ……れぅ……♥」

「ッ？　ん、んんっ！」

ぬるり、という感触。

俺の唇を割って、小さな舌が口腔に入り込んでくる。

「ちゅ、ちゅぷ……れぅ、くりゅ……ぬりゅ、ぬりゅ、ちゅぷ、くちゅるぅっ……♥」

さも、それが当然であるかのように、勝瀬さんが舌を使ってくる。

同時に、彼女の唾液が俺の口の中にするりと流れてくる。

んぐ、んんぅ、とくぐもった声を漏らしながら、俺は喉を鳴らしてしまう。

勝瀬さんの唾液と、俺の唾液が混ざり合った液体を……飲み干して、しまう。

「んく、くりゅ……れぅ、れぅ、れりゅ、れりゅぅ……ちゅぷ、ちゅくくっ、くちゅる、ちゅぷっちゅぷっんくっぬちゅるぅぅっ♥」

ただ唇を重ね合わせただけで感動していた、童貞の俺。

対して、重ね合わせた次を、確実に求めてくる勝瀬さん。

舌先の愛撫が、俺の口腔を、そして俺の理性をどろどろに溶かしていく。

「ちゅぷ、ぬぷ、くちゅるぅ……んく、んむ、んんっ……っ、ふぁ……！」

数十秒か、数分か。

ディープキスに蹂躙された俺は、既に身体の力が抜けてしまっていた。

「……♥　こういうキス……水原君的には、アリ？　なし？」

「……っ、はぁ、はぁ……ていうか、勝瀬さんの舌、えろ……」

「アリかしら？　なしかしら？」

「あ、アリだって。ないわけないだろ、すっごい気持ちいいんだから。でも、どうして？ていうか、なんでこんなふうに、舌を動かせるんだ？」

「私、隠れてリップをしているような子よ？　そういう知識が豊富でも、矛盾はしていないでしょう？　それに……」

……あ。

この、笑みだ。記憶にある、濡れた瞳の微笑み。

彼女にスイッチが入ったときの、艶っぽくて、エロティシズムに溢れているスマイル。

「……それに、水原君のおちんちんをイかせてしまった舌が、キスのときにえっちに動かないわけがない。そうは思わないかしら？」

勝瀬さんが、覆い被さってくる。

手を引かれ、いつの間にかベッドに寝かされて。

そして、俺の両手首を押さえ込んだ彼女が、再び唇を重ねてくる。

「ん、ちゅる、ちゅぷ……くりゅっくりゅぅ、れぅ、れりゅ、ぬちゅるぅっ……♥」

再び始まる、ディープキス。

舐られ、しゃぶられ、蹂躙されていく口腔。

それ自体が単体の生き物のように蠢く舌。かき混ぜられる唾液。何度も飲み込んでしまう彼女の唾液。

抵抗しようにも、勝瀬さんの舌のテクニックがもたらす快感が強すぎて、身体の節々に力がまったく入らない。

そうこうしている間も、小さな唇が俺の唾液を啜り、上あごの裏側を舌が這い回る。

勝瀬さんの顔も紅潮して、興奮しているのがわかる。

「ちゅる、ぴちゅる、ぬちゅっくちゅっくちゅるぅ……っ♥　ふぁ……♥」

痺れる。

心地いい、痺れ。

女の子に翻弄されても、幸せと思えてしまう、そんなキス。

はぁはぁと荒々しく息をして、天井を見つめることしかできないでいる俺。

そんな中、勝瀬さんは昼間と同じように、俺のズボンのベルトに手をかけた。

「……え？　か、勝瀬さん？」

「水原君は、じっとしていて。もう、キスで興奮して、おちんちんパンパンになっているでしょう？」

「ち、ちょ、ちょっと待って。何をする気なんだ？」

「恋人同士がすることと言ったら、セックスに決まっているわよね」

「セッ……！　えっ、セ、セッ……？」

あまりの展開の早さに、絶句してしまう。

俺がただ硬直している間に、彼女は自分のスカートの中に手を忍ばせ、するりとパンツを脱いでしまっていた。

ギシ、とベッドのスプリングが軋む。

小さくて細い肢体が、馬乗りになってくる。

彼女の手が俺の股間に差し込まれ、半端に被っていた皮をするりと剥いていく。

お互いのえっちな場所同士が、軽く触れ合い、キスをする。

亀頭に感じる、圧倒的な熱と湿り気。

……そう、湿り気。そして、くちゅりという小さな水音。

「……っ、んぅ……ふぁ、あっ……」

「え……？　勝瀬さん、これ……」

「そ、そう……私も、濡れているの。水原君と熱烈なキスをして、身体が、おまんこが昂ぶってしまっているの。セックスの準備、してしまっているのよ」

「で、でも、勝瀬さん！」

思い留まらせようとする俺に、彼女は艶やかな唇で笑みをたたえたまま、語りかける。

「ふふ。水原君、私が相手では、不服かしら？」

「そんなことはないって。でも、だからこそ、急すぎない？」

「いいえ。むしろ私は、今しておきたいの。これは水原君をつなぎ止めておくためのセックスでもあるんだから」

「俺を？」

「念には念を入れて……恋人同士で、肉体関係も持った仲ともなれば……今朝のリップの件も、黙っていてくれるでしょう？」

あくまで、主導権は勝瀬さんにあった。

疑似とはいえ恋仲の、勝瀬さんの誘いだ。拒否できないし、拒絶できない。

なにより身体が、そしてペニスが、勝瀬さんがしてくれたディープキスで、完全に発情してしまっている。

「ようやく、その気になってくれたみたいね」

「わかるんだ？」

「ええ。水原君、力を抜いて、リラックスしてくれてるから」

「……俺、ただ単に、積極的な勝瀬さんで自分が気持ちよくなりたくて、抵抗しないことを選んだのかもしれないぞ？」

「くすっ。言い方は悪いけど、水原君は素直だから、そんな駆け引きじみたことはできないと思うの。違うかしら？」

ぐうの音も出ない。人としての完成度が違いすぎる。

「……いくわよ。水原君は、そのまま……何も、しなくていいわ……」

勝瀬さんが、腰を落としてくる。

亀頭に伝わる熱と湿り気が、一気に大きくなる。

透明な蜜でぬるぬるになった勝瀬さんの中に、ペニスが埋もれていくのが、わかる。

「あ、あぁ、勝瀬、さんっ……！」

「まだ……もう、少し……ん、んんっ！」

鈍い感触が、亀頭に伝わる。

その瞬間、一気に竿の根元までもが、彼女の膣内に包まれていく。

「っ、ひ……！　ぁぐ……く、つぐぅぅぅぅぅ…………ッ！」

繋がった。

繋がって、いた。

形のいいお尻が、俺の腰にぴったりとくっついていた。

これが、セックス。性器同士をお互いに擦れ合わせる行為。

密着しての騎乗位……で、合っていると思う。そんな格好で、勝瀬さんは俺に自分の身体を差し出していた。

ただ、一つ問題がある。大きな問題だ。

今……俺の太ももを、一筋の血が流れ落ちていったことだ。

「……え？　勝瀬さん？　ま、待って、もしかして、はじめて……？」

「はぁ、はぁ……え、ええ、そうよ……」

「なんでだよ。どうして俺なんかに、そんな大切なものを捧げようとしたんだよ」

「……ふふ……どうしてかしら。水原君にならいい、と思ったのよ。それは確かだわ」

「けど……！　ん？　んぅ、んむぅ！」

戸惑う俺を、まるであやすかのように。

勝瀬さんが、俺の唇にふんわりと、自分の唇を重ねてきた。

しっとりと重なる、キス。

舌が、俺の口腔を、ゆるゆるとかき混ぜてくる。

「んぅ……ふ……ちゅ、ちゅく……んむ、ちゅぷぷっ……」

マナーには反しているかもしれないけど、薄目を開けて勝瀬さんの表情を窺うと、そこには頬を赤らめて、一心不乱に俺へと唇を寄せてくる、半裸の勝瀬さんの姿があった。

時々、眉の端が、ひくひくと動く。

まだ、痛いんだろう。血が溢れた股間も、未だに小刻みに震えるだけで、動くことはできないでいる。

……これは、俺が慌てても、どうにもならないんじゃないか。

むしろ、どうにかしようと慌てふためいて、じたばたしたほうが、余計に勝瀬さんは痛いんじゃないか。

陰キャらしい、消極的な発想だとは思う。けど、あながち間違いでもないとも思う。

「勝瀬さん……ん、く……」

結論として、俺は勝瀬さんのキスに、合わせることにした。

「んぅ……？　んく、くむぅ……ちゅ、ちゅぷ……」

腰をよじらないように注意しながら、口の中に侵入してきた小さな舌に、自分の舌を絡めていく。

半ば無理矢理繋がった性器同士は、ひとまず置いておいて。

唇同士のじゃれ合いに、俺も、そして勝瀬さんも没頭していく。

水音が倍になって、よりエロティックな口づけになっていく、ふたりの交わり。

「ちゅ……れぅ、ふむぅ……ちゅ、ちゅぷっ、ちゅくくっ……」

「ん、んぅ……勝瀬さん……んくぅ……」

「……ぁふ……水原君……これ、癖になりそう……」

「……っ……お、俺、わかんないけど。舌、こういうふうに動かせばいいんだ？」

「ふふっ、私も詳しくはわからないわ。けど……」

勝瀬さんの手が、俺の手を取る。

指の間に、しなやかな指が絡み、きゅっと優しく握ってくる。

「水原君がしてくれる、キス……すごく、温かいです。ぽかぽか、ふわふわしてきます」

さっきまで彼女が俺に投げかけていたのは、優しく、だけど俺に有無を言わせない圧力を併せ持った微笑みだった。

でも今は、それとはほど遠い、額に脂汗をにじませながら、無理をしてようやく見せてくれた笑顔だ。

勝瀬さんが望んで始めたセックスだから、理屈では俺が気を揉む必要なんてないのかもしれないけど、実際に彼女をゼロ距離で感じていると、そうも言っていられなくなる。

「勝瀬さん。腰とか、無理矢理動かすつもりかもしれないけど、それ、ダメだから」

「……え？　でも、ピストンをしないと、セックスにならないでしょう？」

「だから、無理矢理なのがダメなんだって。それこそ、セックスは気持ちいいもの……なのが普通、だと思うから？　せ、せっかくしてるんだし……俺ばっかりじゃなくって……か、勝瀬さんにも、気持ちよくなってほしいっていうか……」

「…………くすっ。気を遣ってくれるんですね」

「こ、恋人みたいに振る舞ってほしいからって……り、律儀にセックスまでしちゃう、か、か、勝瀬さんのほうが、俺に気を遣ってると思うんだけど！」

ああ。こういうとき、自分が陰キャで、コミュニケーションが苦手なのが嫌になる。

妙に早口になってしまうし、何度も何度もどもってしまうし。

勝瀬さんを落ち着かせたいのに、逆に俺のほうがキョドってばっかりだ。

「と、とにかく、無理矢理はダメだからね」

「念を押してくるんですね」

「仕方ないだろ。俺が気持ちよくなってるのに、勝瀬さんが顔しかめて痛がってるとか、不平等感ありすぎてセックスどころじゃなくなるんだよ。そうは思わない？」

俺たちは今、セックスをしている。だから確かに気持ちいい。ペニスが、熱くぬるぬるとした女の子の中で、きゅうきゅうと締めつけられている。それをもっと感じたい。勝瀬さんのおまんこで快感を得たい。

でも。

ジェンダーがどうこう言われている現代には、そぐわない考えかもしれないけど。

男として、自分勝手に快感を得るのは、やっぱり違うと思った。

「……優しいんですね、水原君って」

「は、はぁ？　俺が？　なんで？」

「どうして、って驚かれても困るわ。私がそう感じたんだから」

勝瀬さんの腰が、揺らめく。

なぜか、ゆるゆるとした上下運動が始まってしまう。

「っ！　か、勝瀬さん、だから！　俺の言うことも、少しは聞いてくれって！」

「……っ……き、聞いているわ……だから、無理矢理は、していないわよ……動ける範囲で、少しずつ、しているだけだから……」

少しずつ。これで。

ペニスからくる快感は、少量なんてものではなく、一瞬でメーターが振り切れるくらいの莫大なもの、なんだけれど。

「はっ、はっ……ん、ふ……くぅ……んんっ、んんんっ……！」

当の勝瀬さんは、俺の膝《ひざ》に手をついて、腰の動きに集中しているらしかった。

さっきまで感じ合っていた唇から、くぐもった吐息が漏れている。

もう一度、彼女に止まるよう説得しようかと思った。けど、次第に聞こえてくる水音がそんな考えをかき消していった。

俺と勝瀬さんが繋がっている場所から、ぬち、にちと、いやらしい音が立っている。俺のペニスが勝瀬さんの膣内を往復するたびに、その音が少しずつ大きくなっていく。

「んぅ……ふぁ、あ、あ、あっ……！　水原、君……これ、私も……気持ちよく、なってきたかもしれないわ……」

「勝瀬さん……し、正直、俺のほうは、ヤバいくらい気持ちいいんだけど……っ」

「くすっ。なら、早く水原君が感じているくらい、私も気持ちよくならなきゃいけないわね。ヤバいくらいって、どれくらいかしら？」

「っ……我慢してないと、声が出そうになるくらいには……く、くぅ！」

「ふふっ、いいですよ。声なら、自由に出して構いません。私もえっちな声を出してしまっていますし、おあいこです」

勝瀬さんが、再び俺の手を取る。ブラが外れた胸に、俺の右手を導いていく。

「……もっと、喘がせてくれるかしら？」

胸。おっぱい。はじめて触った膨らみ。柔らかくて、先っぽがツンと尖っていて、もうそれだけでどう触っていいかがすぐにわかる。

手のひらで包み込むように膨らみを支えながら、指の間に乳首を挟み込んで、やんわり

と、そしてしっかりと揉んでいく。

「っ、ふ……あ、あっ……水原、くぅんっ……それ、気持ちいい、です……もっと、してほしくなってしまいますっ……！」

「こんなことで感謝されるなら、いくらでもするから」

「は、はいっ、もっとしてほしいですっ！　あ、あ、あっ、ふぁ、あぁ、んぁああっ！」

俺の手の動きに合わせて、彼女のピストンも加速していく。

いつの間にか、腰もしなるように動きはじめて、性器同士が直線的な運動とは違う擦れ方をしていく。

「くぅ、うぁ、やっあっあぁっ、あん、あん、あんっ……！　す、すごい、ですね……私たち、こんなに激しく、セックス、しちゃってますっ……♥」

「初めてなのに、凄すぎるって……俺、もう、我慢できなくなりそう……！」

「私もですっ、自分でするのとは全然違う快感が……くひっ、ひゃぅうんっ！　み、水原君の、おちんちんから……いっぱい、いっぱい、もらえる、からぁっ……♥」

勝瀬さんのはじめての証が、後から溢れてきた愛液でどんどん薄まっていく。

これは、もしかしたら……俺だけじゃなくって勝瀬さんも、絶頂……しちゃったりするんじゃないだろうか。

「やぁっあぁあっ、ひ、ひぁ、あぁああぁっ！　す、素敵ですっ、私も、もう……っ！　ひ、ひぅ！ くぅっんぅぅぅぅぅうっ！」

「……っ？ な、なんだ、すごく、締まって……」

「ご、ごめんなさい水原君っ！ 私、イキそうに、なってて……おまんこ、ヘンになっちゃうかもしれなくって♥ ふ、ふぁ、あひぁあっ！」

「え？ う、うわ！ 勝瀬さ……っ、くぅぅぅ！」

入口が、ぎゅぅっと締まってくる。膣内がざわざわとして、敏感な亀頭を優しく撫でてくる。

まるで、勝瀬さんのおまんこが意思を持って、俺のペニスを愛撫しているかのような動きだ。

イって、と。出して、と。そう囁かれている気がして……！

「だ、だめ、勝瀬さん、俺も……っ、う、うぅう！」

「水原君、水原君っ！ ひぅっくぅうう、んっんっんっ、んんん～～～～～っ！」

がくん、と、勝瀬さんの腰がわななく。

同時に震え上がる、ふたりの腰。ぽかぽかしたお腹の中に、熱いほとばしりを流し込んでいく感覚。

絶頂していた。ふたり揃って、イっていた。

自分で処理したときの絶頂の、数十倍は気持ちよかった。

そして、快感が一瞬で引くことはなく、長く、長く、続いていた。

ああっ、と大きく声を上げ、倒れ込んできた勝瀬さんを受け止める。

汗だくになったふたりは……何も言わずとも、それが自然であると認識して、そっと唇を重ね合っていた。


こんなに誇れることを成し遂げたことは、今までの生涯でなかったように思う。

初めてのセックスで、女の子と同時にイくなんて、理想中の理想でしかない。どこかの女の子とえっちをする仲になったとき、こうなるといいな、と妄想していたことが、まさか現実になるなんて、今でも信じられない。

そう。現実味が、まったくといっていい程ない。

相手はあの生徒会長の勝瀬さんだ、というところから、既に現実離れしている。しかも、話をするようになったその日のうちに、フェラチオ、そしてセックスにまで発展した。更に、実は勝瀬さんも処女だったというおまけつき。

そして、ふたりとも初めてで余裕がなかったから、ゴムをつけることなく生で、最後に膣内《なか》出しをキメてしまうというフルコンボ。

事が終わった後、俺も呆けていたけど、勝瀬さんはもっとぼーっとしていた。ペニスを抜いても、服を整えても、激しかったセックスの余韻に浸り、抜け出せないでいた。

後片付けをした後、そそくさと俺は彼女の部屋を出た。

足腰が立たないのに送っていくと言って聞かない勝瀬さんを、玄関までいいから、気持ちだけ受け取っておくからと制止して、ようやく帰途につく。

その去り際に、彼女はこう言った。

明日からも、よろしくお願いしますね、と。

そう。

マスクの下を見てしまったあのときから、ふりとはいえ、俺は勝瀬さんと恋仲になったんだ。明日から、学校でもそう振る舞わないといけない。

色々と、無理があるように思えた。前途多難な気しかしなかった。

でも、どこかでこうも思った。

今日みたいなセックスができるなら、それでもいい。

今日みたいなキスができるなら……勝瀬さんの、あのぷるんとした唇を、俺が独占できるとしたら、それでもいい。

いや。そのほうがいい。そうに、決まっている。

……そんなふうにできるだけポジティブに考えて、俺は勝瀬さんとの疑似交際へと突入していった。

＊＊

身体の熱は、いつまでも冷めませんでした。

まだ、お股の間に、あの硬いものが挟まっている気さえします。

――私は今日、生まれて初めて、セックスをしました。

そして……キスを、してしまったんです。

唇を異性に差し出してしまったんです。それも自らの意思で、何度も何度も繰り返し。

昔から、どこか自分はおかしい、周りの人と違うと思っていました。

皆がマスクで口元を隠すのを、すんなりと風習として是とする中で……私だけが、それに違和感を覚え、唇という身体のパーツに秘かな魅力を感じていたんです。

私のお母さんは、礼節を大事にしなさいといつも私に説いていた、厳格な人です。

対してお父さんは、どこか奔放で、大胆な考えをする人……だと、思います。

今から何年か前、学校の宿題で調べ物か何かをしようとした私は、お父さんの部屋に無断で入ってしまいました。

そのとき、いわゆる猥褻物にあたる、えっちなビデオソフトのパッケージを発見したことがありました。

マスクを外し、唇で男性を挑発する、その風俗の女性に……私は、嫌悪感を抱くわけでもなく、むしろ身体の芯が疼くような興奮と、どこか憧れのようなものを覚えたんです。

お母さんに叱られないように、昼間は周囲の視線を気にしつつ、優等生として振る舞っていましたが、その身体の疼きは日が経つごとにどんどんと大きくなりました。

自然と、えっちなことばかり想像するようになりました。

本当はいけないんでしょうけど、パソコンを使って検索をして、唇での、キスの仕方や……男性への奉仕の方法などを……知識として、持つようになりました。

想像だけでは事足りず、夜、自分の手で自分を慰めることも多くなりました。

これではいけない、淫らな子になってしまう、と思いつつも、割れ目をまさぐる手を止めることはできませんでした。

膨らむ性欲を抑えきれず、日常生活にも支障をきたしてしまいそうになったとき……私は、物は試しにと、色つきのリップをつけてみました。

校則で禁止されていることは重々承知の上でした。

ですがそれは、色っぽい艶やかな女性に憧れる自分を、皆にばれないように表現する、ギリギリのラインだったんです。

マスクの下だけだけれど、私は女性として輝いている……そんな気になれて、少しだけですが自分の欲を発散することができて、心の平穏を取り戻すことができました。

それが、私がリップを引いている理由です。

ですが、あの事故と呼べる接触で、水原君に全てがばれてしまいました。

後は、なし崩しです。リップで抑え込んでいた性欲が表に出てしまい、興味と興奮から男性器に……お、おちんちんに直接奉仕をしてしまい、私のはじめてすら捧げ、この身を委ね、彼の目の前ではしたなく絶頂までしてしまうという、大失態を……。


きっと彼は、私を淫乱な女性だと認識したでしょう。

変態だと、もっといえば痴女だと思っているでしょう。

後悔先に立たずとは、まさにこのことです。

監視という名目で、恋仲を演じるように彼には言っていますが……今後、いったいどうなってしまうのか、自分自身でも見当がつきません。

明日以降も、平静を装って生活するつもりです。

後はもう、学校側にはリップの件がバレませんようにと、祈るしかありません。

ただ、一つだけ。

いい発見といいますか、今日一日で私自身が満たされたことを挙げるとすれば。

水原君とした、キスは……温かくて、心地よかった、です。

気持ちいいというより、心地いい。

性欲が暴走して先走った私を慰めるように、彼の舌が私の舌を撫でたときの、あの感覚……それは、精神的に絶頂したと言っていいほど、充実した瞬間でした。

願わくば。

あのキスを、もう一度体験したい。

……そう思ってしまう私は……やはり、淫乱なんでしょうか……。

第二章　仮の恋人と理想のえっち

昨日、あれから家に帰って、晩飯もそこそこにすぐに寝た。

初体験のことが多すぎて、肉体的にも精神的にも限界だったんだろう。

でも今日、朝、五時に目が覚めた。

俺のモノは、盛大に朝勃ちしていた。

我が身ながら、何も考えることなく無邪気に元気さをアピールできる肉の塊が、少しうらやましかった。

ドキドキしながら、学校へ行った。その原因は、やはり勝瀬さんだった。

どんな顔をして会えばいいんだろう。話をするとしたら、どんな内容がいいんだろう。マスクの下に秘めた、あの小さくぷるんとした唇の話は絶対にしたらいけないだろうし、その前に唇でされたことを思い出して、勃起しないようにしないといけないし。

色々なことを考えすぎて、精神的に参りそうだった。

俺は常日頃《つねひごろ》から目立たないポジションにいるから、もし頭がおかしくなりそうな事態となったら授業をバックレて、冷静さを取り戻すまで空き教室だの倉庫だの階段の隅っこだのに避難していればいいけれど。

……勝瀬さんは、そうはいかないだろう。

いや、勝瀬さんのことだから、平常心を失うことなんてない、かな。

「おはよう、水原君」

憂鬱な気分を抱えながら、教室に入る。

なのに勝瀬さんは、ある意味想定通りではあるけれど、からりとした笑顔で俺に挨拶を繰り出してきた。

「お、おはよう」

うつむき、どもって、そう返すのがやっとの俺。

それで済ませてくれればいいものを、勝瀬さんは更に俺に近寄ってきた。

「昨日、あれからきちんと帰れた？　メッセージ飛ばしても反応がなかったから、心配したのよ」

「っ！　勝瀬さん、待ってって。それは言わなくていいことだろ」

「なぜ？　なら、すぐにとは言わないけれど、メッセージを読んだら一言、あるいはスタンプくらいは返してちょうだい」

「ちょ、ちょ……わ、わわっ！」

「？　水原君、どうしたの？」

勝瀬さんは、俺とは人種が違う。人と話すという行為に、ためらいがない人だ。だから周囲の空気の変化に気がつかない。渦中の真ん中に自分がいることも。

俺に構う勝瀬さん、という異常な構図を囲むように、軽くクラスメイトの輪ができる。

「おいおいどうした水原よ、生徒会長に捕まるってぇと、なんか悪さでもしたか？」

クラスメイトの男子の囃《はや》し立《た》て方は、だいたいこんな感じだ。

「勝瀬さん、風紀委員の仕事も兼ねているのかもしれないけど……水原君より他に、声を掛けなきゃいけない男子って、いっぱいいいるんじゃない？」

女子の論調も、大抵こんな感じ。クラスメイト全員が、俺という底辺の人間が美人の生徒会長にかまわれる、そのこと自体に疑問符を持っている。

それらの疑問を一掃するかのように、勝瀬さんが爆弾発言をした。

「あら。私、水原君とお付き合いすることにしたんです。ですからこうして話しかけるのも、別に変ではないですよね？」

おいおいマジか。冗談だろ。嘘だよね。水原君とだなんてそんな。

否定的なざわつきが、教室全体に伝播していく。

俺はもう、勝瀬さんの肝っ玉に、口をぱくぱくさせることしかできない。

そんな中で、俺の彼女を名乗った女の子は、数十人を相手に臆することなく背筋をピンとさせて立っていた。

　ようやく我に返り、勝瀬さんに質問を浴びせ始めたのは女子たちだ。

「え……か、勝瀬さん、マジ？」

「ええ。真面目に、お付き合いしているわ」

「どんな経緯で？　水原と接点ないじゃん」

「二週間くらい前かしら？　水原君に、生徒会の仕事を手伝ってもらったことがあって。そこから色々……お話とか、するようになってね」

　質問のラッシュを軽くいなしていく勝瀬さん。

　対して、俺は追い詰められていく一方で……。

「ちょ、待てや。冗談だよなぁ水原？」

「……い、一応、冗談じゃないんだ……けど」

「お前なんかに生徒会長サンの隣が務まるわけねーだろ。今まで勝瀬に告白して玉砕したヤツ、少なくとも俺は片手以上知ってんぞ」

「お、俺が告ったんじゃないよ？」

「じゃあどうして付き合ってんだよオイ」

「それは、そ、その……さ、さっき勝瀬さんが言ってたよね、二週間前の……あ、あのとき、少し、お喋りして……なんとなーく、いいなって空気になって……」

「うっわ嘘くせぇ。なんか裏あるだろ。話せよ。てか白状しろ」

「え？　ええー……？」

……質問のラッシュに、右から左から殴られて、二進《にっち》も三進《さっち》もいかなくなる。

収拾がつかなくなり始めた、そのとき。

「でもさぁ生徒会長ー。付き合ってるっていう割に、水原のこと水原って呼んでね？　カップルなら名前呼びとかすんのがフツーじゃねーの？」

と、勝瀬さんに質問が飛ぶ。

「ふふっ。そこはおいおいね？　まだ、付き合うって決めたばっかりだから」

対する彼女の返しは、これ。

すると、俺たちを囲んでいた輪の圧力が、ふわりと緩んだ。

「なぁんだ、そういうことか。安心したぁ」

「付き合うっつっても、水原が相手だもんな。進展するわきゃねーか」

「生徒会長の貞操は守られた！　的な？」

「あと唇もな。あんな陰キャにでも奪われたりしたら大事だぜ」

対処の仕方が、完璧だった。

やましいことは何もないし、これからもないだろうと思わせる。話の流れをコントロールして、騒ぎを穏便に収めていく。俺には到底できない話術だ。

まぁ……実際は、貞操も唇も、お互いがお互いに捧げてしまったわけだけど。

そこはやっぱり、ふたりだけの秘密であって、ひけらかすようなことではない。

結局、その場は自然と解散の流れになった。

騒ぎも、いつまでも続くことはなかった。その後、恋仲になったという言葉だけがひとり歩きすることもなく、俺たちは普通に授業を受け、普通に学園生活を続けることができていた。

水原が相手なら、生徒会長らしい清く正しい交際をしているんだろう……という、ある意味俺を軽くディスった安心感がクラスの中に醸成されていたのが大きかったらしく、先生たちにも咎められることもなかった。

……ただ、一つ気付いたことがある。

話が上手く進む一方で、『清く正しい交際』では満足できなくなっている俺たちが、確実にいる。

そう。俺ではなく、俺たち。

時が経つにつれ、勝瀬さんの俺を見る目が、獲物を狩るそれになってきた。

交際宣言をした二日後になって、それは視線だけに留まることができず、マスクの下でする舌なめずりまでもが加わった。

周りには清廉さを振りまいておきながら、俺にしかわからないように性的なアピールをしてくる彼女。

それは、あの日の出来事が夢ではなかったことを、立証している出来事でもあった。

「水原君」

授業が終わり、呼び止められる。

「今日、一緒に帰りましょう」

軽い恐れと、それを上回る期待が、俺の胸を躍らせる。

俺は力強く首を縦に振り、彼女が生徒会の仕事を終えるまで一時間ほど、図書館で時間を潰して待っていた。


三日ぶりに勝瀬さんの部屋に入ると、ふたりそろって自然とマスクを外していた。

「いいの？」

「ええ」

会話は、それだけ。

また、お互いの唇を、お互いの指先で玩んでいく。

普段隠している部分に触れ、そっと撫で、愛撫をしていくこの時間。

いけないことをしている、禁忌を犯している、そんな背徳感に敢えて身を投じ、性欲を更に昂ぶらせていく俺と勝瀬さん。

「キス、しましょ」

「どんなキス？」

「最初から……貪《むさぼ》らせて」

また、会話はそれだけ。

熱く燃えるようなキスが、交わされていく。

「んく……んむぅ……ちゅ、ちゅぷ……れぅ、れりゅ、れりゅぅ……」

「んむ、んく……勝瀬さん、つば、飲ませて」

「……ふふ。水原君も、言うようになったじゃない」

「ふたりきりのときは、勝瀬さんにえっちなお願いをしてもいいと思ったから。で、俺のお願い、聞いてくれるかな」

「ええ、もちろん。ただし……水原君のつばも、私に飲ませてちょうだい」

舌先がじゃれ合い、ぴちゃぴちゃと水音を立てる。

ともすれば下品と表現されるような、セックスをひけらかすＡＶでも滅多に見ることができない淫らなキス。

それを、勝瀬さんの唇にできる幸せ。

勝瀬さんの小ぶりな唇にも、俺の唇が愛撫されていく幸せ。

たまらない。

身体の奥まで、疼いていくキス。

お腹の奥に篭もる熱が、更に口元を熱くしていく。

「んく、ちゅる、ちゅぷぷ……くりゅ、くりゅ、ぬりゅぅ……」

「ちゅぷっちゅぷっ、ちゅくくっ……んぅ、んく、っく、こくっ……」

口の端からよだれが垂れるのも構わず、俺たちはキスに夢中になる。

指先を絡め、いわゆるラブ握りをしながら、あらゆる角度で唇をくっつけ、吸いついていく濃厚な接触。

どんなにしても飽きないし、どんなに貪ってもまだ足りない。

「っふぁ……！　はぁ、はぁ……ふふ、すごく気持ちいい……水原君って、キスをしているときは特に情熱的になるのね」

「勝瀬さんの唇が、最高だからだよ」

「……どんなふうに最高か、聞いていいかしら」

「艶やかで、ぷるんとしていて……何より、触感が最高なんだ。いつもリップをしているからか、瑞々しさが半端じゃない。そこも好きなところだよ」

「……♥　ふふっ。そこまで褒められると、背中がむず痒くなってくるわ。あと……」

「あと？」

「もっと、キスしてほしくなるの」

脳が溶ける程の、キスの嵐。

それを拒まずに、むしろ俺の唇に対する執着心を受け止めて昇華してくれる、勝瀬さんの口づけ。

「……はしたないお願いだとは思うけど。キスをしながら……身体、触ってくれる？」

「……それって、えっちな触り方って解釈であってる？」

「ええ。答え、聞いていい？　もちろん、はいかいいえで」

「勝瀬さんの要望に、どこまで応えられるかわからないけど。はい、で」

「ふふっ。じゃあ、お願いするわね」

服、自由に脱がしていいわよ、と付け加えて、勝瀬さんが俺に身を預けてくる。

口づけを交わしながら、俺は彼女の胸へと手を添えていく。

十分な膨らみと、それを支えるブラの感触を、服越しに感じる。

男にはない膨らみに、思わずつばを飲み込みながら、俺は彼女の背中に手を回して、ブラのホックをそっと外した。

「ん……！　ふ、んく……くぅ、うぅ……！」

シャツの裾《すそ》から手を忍ばせ、乳首を指の腹で転がすと、一気に勝瀬さんの息遣いが艶めかしくなる。

自分の愛撫で勝瀬さんが感じてくれていることに嬉しさを覚えて、指先が更に加速して彼女の性感帯を探っていく。

もちろん、キスはしたまま。ついばんだり、口腔をかき混ぜたりを繰り返しながら。

「ふぅ、ふむぅ、んく、ちゅ、ちゅる……れぅ、くちゅる……んふ、んんんっ……！」

腰をくねらせて悶える勝瀬さんが、可愛い。

胸の先端からくる刺激で、キスが止まってしまう勝瀬さんが可愛い。

快感を堪えようと、俺の服の裾をぎゅっと掴んでくる勝瀬さんが可愛い。

こんなに愛くるしい女の子が、俺とゼロ距離で接してくれているなんて。このとき、この瞬間が夢ではないのが、本当に信じられない。

「ちゅく、ちゅぷ……っ、ぁふ、ふ、ぁ、あっ……んぅ、水原君……？　どうしたの、固まっちゃって。私、どこか変だった？」

「……いや、その。なんていうか……綺麗すぎて、え、えっち、すぎて。手、動かすの忘れて……み、み、見とれてたって、いうか……」

「ふふっ。お世辞かしら？」

「ち、違うって！　ほ、本当に綺麗なんだぞ、勝瀬さんって。お、俺なんかが身体いじっていいのかなって、恐縮してるんだから」

「水原君の触り方、好きよ。本当に丁寧に、愛撫してくれるから。あと、他人に触られるの、水原君がはじめてだから。こういう感じなのかなって、新鮮味があるの」

……そのとき、俺はだいぶ身勝手な感情を抱いていた。

俺がはじめて、なんだったら……これからも俺だけでいてほしい、と。

俺以外の人に、勝瀬さんを触らせたくない、と。

「水原君。こっちも、お願いできる？」

勝瀬さんが、足の力を抜く。

軽く開いた太ももの奥に、うっすらと湿り気を帯びた下着が見えた。

そっとパンツの中心に指を添えただけで、くち、と小さな水音が立つ。

「っ、んぅ……！　ふ、くぅんっ……！」

表情を窺《うかが》いつつ、指を進めていく。

右手は、勝瀬さんの大事な場所を。左手はおっぱいを。そして唇は、小さなぷるぷるの唇を、それぞれやんわりと愛撫していく。

少しでも痛がったり、腰を後ろに引くような嫌がる素振りをしたら、止めようと思っていた。けど、どんなに乳首を転がしても、愛液をパンツに染みこませるように指先を動かしても、勝瀬さんは俺にキスをねだってくるばかりで、眉をひそめることは一切ない。

割れ目がくっきりと浮かび上がるくらいにパンツが濡れて、指が奥へと埋もれても、びくんと腰を震わせながらも、もっとして、とおねだりをしてきた。

「ふ、ん、んぅ……くちゅ、ちゅぷ……んんっ、んんんっ……！」

右手の指先にも、コリッという感触を見つける。

「か、勝瀬さん？　ここって、クリトリスで合ってる？」

「はぁ、はぁ……そ、そう……そこ、私の、クリトリス……すごく、ビリビリくるの……自分でするときよりも……気持ち、いいっ……♥」

そこで、ポン、と軽い音を立てて、俺の中でたがが外れた。

いつでも自分を制止できる心づもりで愛撫をしていたけど、そう自分に言い聞かせていた理性が一気に霧散した。

前のめりになって、勝瀬さんに覆い被さり、ベッドに押し倒す。

唇をついばみながら、パンツの上からクリトリスを執拗にこねくり回していく。

「きゃぅっ……！　み、水原く、ん、んぅ！　ふ、ふむぅ、んくぅ……！　ん、ん、ん、んっ、ふ、ふむぅっんくぅうっ！　んぅ！　ひぅぅぅぅぅ！」

勝瀬さんの腰が持ち上がる。俺にしがみつく指先が、ぎゅっと縮こまる。

くちくち、にちにちという音が大きくなる。そのまま背筋を震わせて、びくんと全身を跳ね上がらせて……。

「んぅう！　んぐっ、んぐぅぅぅぅぅう～～～～っ……！」

目視は、できないけど。

きっと今、勝瀬さんのパンツの中で、ぎゅ、と膣口が締まった。

俺の指先を飲み込むように、スリットが蠢いていく。

「……っ……もしかして……」

「っ、ふ、ふぁ！　はぁ、はぁ……ふ、ふふ……簡単に……水原君の指に、イかされて、しまいました……」

「ほ、本当に？」

「くすっ。嬉しそうですね」

「そ、そりゃそうだろ。俺の愛撫が勝瀬さんに通じた……っていうか、俺なんかでも、きちんと勝瀬さんを……か、か、彼女を、気持ちよくできた……っていうか。そ、そういう満足感っていうか？　達成感みたいな、そういうの、湧いてきて……そりゃ、嬉しくなっちゃうだろ……みたいな……」

「…………♥」

「な、なんだよそれ。微笑まれるの、困る。どう反応したらいいかわからないから」

「くすっ。水原君は、本当に優しいなって、そう思っていたんです」

「褒めないでいいから。俺のほうが背中かゆくなるから」

「あはは。そんなに顔を赤くして。絶頂の瞬間なんていう恥ずかしい姿を見られたのは私のほうなのに、水原君のほうが照れてどうするんですか」

童貞を卒業したばかりの俺は、まだまだ余裕なんてあるわけがない。

だから、女の子をイかせたのに、こっちのほうが浮き足立ったりする。

セックスの経験値は俺と同等なはずなのに、男の扱い方を熟知しているかのように振舞える勝瀬さんが、常識離れしているのかもしれないけど。

そして。

ゼロになったと思っていた余裕が、次の勝瀬さんの行動で、更に削られていく。

「……水原君。もっとって、お願いしてもいいですよね」

びしゃびしゃになったパンツを自ら脱ぎ捨てて、わかりやすいように足をM字に開いた勝瀬さんが、更に指先でスリットを広げる。

透明な蜜に濡れ、紅く染まったひだひだを見せつけて、俺を誘ってくる。

「指だけじゃなくて……おちんちんも、ください。少々手荒にしてくれても構わないわ」

「えっ？　で、でも」

「水原君に、犯してほしいの。私、今、そういう気分なんです」

夜の街灯に吸い寄せられる羽虫のように、勝瀬さんに覆い被さる。

性欲を溜め込んだペニスを、差し出されたおまんこにあてがい、一気に突き入れる。

「……んぅ！　ふ、く、くぁ、んぁぁぁあぁああああっ！」

これで二回目。まだ、慣れない感覚。

ペニスが四方八方から包まれて、とろりとした液体で溶かされ、きゅぅっと優しく揉み込まれる。

彼女の温かさと柔らかさ、そして男性器で快感を得ようとする確かな性欲を強く強く感じる、セックスという行為。

まだ、慣れない。だからこそ……とても、とても気持ちがいい。

「はぁ、はぁ……水原君、いいですよ。動いて、くださいね……」

「勝瀬さん、大丈夫？　痛くない？」

「ふふっ。圧迫感があるのは確かで、少々鈍痛はありますが……でも、水原君のおちんちんでしてもらえば、すぐにおまんこが気持ちいいのでいっぱいになる自信があります」

「……その自信、どこから来てるんだろうね」

「初めてのときだって、上手くいったじゃないですか。私たち、きっと身体の相性、抜群なんですよ♪」

彼女の言葉の節々に、心がまだ童貞のままの俺への気遣いを感じる。

ものすごい快感。何かを考える前に、神経がそこに全て集中する。

本当に、こんな感覚ははじめてだ。

俺が……自分以外のことを優先して行動しているなんて。

いつものガッツリ陰キャな俺なら、あり得ない。他人に何かを頼まれる、お願いされるということがあっても、それが自分の利益にならないなら聞かないし、面倒くさかったら行動にも移さない。そんなこと知るか！　そっちの意見を俺に押しつけるな！　と、へそを曲げることとすら想像できる。

でも、今は全然、そんなことはなくて。

確かに、自分の快感は大事だ。勝瀬さんの膣内を感じたい。このままぬるぬるのおまんこにペニスを擦りつけてイキたい。射精したい——そんな欲が、下半身を疼かせている。

ただそこに、勝瀬さんも一緒に、という願望が加わっている。

勝瀬さんを気持ちよくしたいという衝動が、今の俺を突き動かす。

「……勝瀬さん。もし痛かったら言って。あと……何か注文があったら、構わず俺にぶつけてくれ」

「くすっ。本当に、優しいのね。でも大丈夫ですよ」

「……じゃ、いくぞ」

「ええ。突いて、ちょうだいっ……！　ふ、んんっ！　くぅ、ふぁぅっ……！」

滑らかな曲線を描いている腰に手を添えて、前後に腰を振っていく。

はじめは様子見で、緩やかに。苦悶の表情が見えないとわかったら、少しずつ加速させながら勝瀬さんを揺さぶる。

「……っ……んんぅ……！　はっ、はぁっ……あ、あ、あっ……そこ、ふ、ふぁあっ！」

「っ？ ごめん、強かった？」

「い、いえ、違うわ。ぜ、絶対、自分の指じゃ届かないところまで、おちんちんがぐいって入ってきたから……おまんこが、びっくりして、でも、悦んじゃって……」

「え？ ど、どこらへんだろ」

ピストンをしながら、微妙に角度を変えていく。

腰を横にずらしたり、上から押しつけるような動きに変えてみたり。

「ん、んぅ……はぁ、はぁ……も、もう少し、違うところだと思うの……さっきはもっとすごくジーンって……っ、ひ！ ひぅ、ひゃぅうっ！」

勝瀬さんの声が、可愛く跳ねる。

きっと、これだ。ベッドに深く腰を沈めて、亀頭をお腹の裏側に擦りつける動き。

「……勝瀬さん、こう？」

「ふ、ふぁ！ やぁっ、ひ、ひぅ、んひぅぅぅうっ！ そ、そこかしら……ええ、そこ、そう、そこっ……！ あ、あひ、ひぁっあぁあっ、水原君、もっとしてくださいっ！」

「あ、ああ。勝瀬さんがいいなら、もっとしてあげる……！」

勝瀬さんが、素直に性欲をぶつけてくれる。自分の淫らな部分を、隠さずに俺にさらけ出してくれる。

セックスがエロくなる。きちんと勝瀬さんの性感帯を小突くように、俺の腰がしなりながら前後に動いていく。

「はぅ、ふぁ、あ、あ、あっ……だ、だめ、水原君……水原君のおちんちんが気持ちよくて、私、どうにかなってしまいそう……♥」

「えっちな勝瀬さんは、大歓迎だから。もっとエロくなっていいよ」

「い、いいかしら。もっと、水原君を求めてしまいそうだけど」

「勝瀬さんがエロくなればなるほど、俺のちんこもおまんこで締めてもらえるから。それこそ大丈夫、ってヤツだよ」

「そう？　ふふっ、じゃあ……お言葉に、甘えてしまおうかしら……♥」

エロティックな微笑みを浮かべた勝瀬さんに、背筋が震える。

「んんっ♥　ふ、ふぁ、あはぁあっ♥」

俺に組み伏せられていた彼女が、下から腰を使ってくる。

より奥に亀頭が呼び込まれ、膣奥とキスをしてしまう。

「っ！　う、うぁ、勝瀬さんっ！」

「はっ、く、くぅう……！　み、水原君、続けてっ……おちんちん、もっとくださいっ」

「や、ヤバい……膣内がエロすぎる。とろとろすぎて、ぬるぬるすぎる。これ、絶対に射精が我慢できなくなるヤツだぞ」

「い、いいの。きて……私も、おまんこすぐにイっちゃいそうなの。さっきからずっと、ふ、

ふぁ、水原君に、キスとか、指とかで、気持ちよく、してもらってるから……あふ、ふぁ、ひぁあっ！　気持ちいいのが、溜まっていて……溜まりすぎ、ちゃってっ……！」

汗だくの、ベッドの上。

たぷたぷと揺れる、形のいいおっぱい。

タイミングを合わせて腰を擦りつけ合い、ペニスの長さをフルに使って、ありったけの快楽を貪っていくふたり。

「んっ、んぅっ、くぅっうぅうっ、っふぁ、はっはぁっ、あ、ぁ、あ、あん、あんっ！」

「はぁ、はぁ……か、勝瀬、さんっ……！」

「み、水原君……？　っ、んむぅ！　んく、くむぅうっ……！」

脱いだマスクの下。艶やかな喘ぎ声を発する小さな唇。

吐息を交わらせ、舌を差し込み、熱いキスに耽る俺。

突き入れられた舌を絡め取り、舐め回し、啜り上げて、セックスの快楽をより深いものにしていく勝瀬さん。

「んくっくむぅっ、ちゅっちゅくっちゅぷっぷちゅるぅぅぅっ……♥」

「ふー、ふー、ん、ん、んむぅ……っ」

キスも、おまんこも、気持ちいい。

ペニスの根元に、彼女にぶつける性欲が勢いよく集まっていくのがわかる。

「んれぅ、れりゅぅ……んぁふ、んむ、んく、くちゅるぅっ」

「んく、くふぁ……勝瀬さん、マジで、ヤバい……出そう、かも……！」

「はっ、はぁっ、み、水原君っ……じゃあ、最後にあと一つ……あ、あんっ、お、お願いしていい、かしら……？」

勝瀬さんのお願いを、頭の中で予想する。

このまま膣内に出していい、とか。

最後はキスをしたまま、とか。

でも、実際は違った。エロいお願いではなく……でも、もっと心に響くものだった。

「……名前で、呼んでくれるかしら。お願い、亮介《りょうすけ》君っ」

指と指が、自然と絡む。

ラブ握り。それは、勝瀬さんが……いや、礼香《れいか》が俺を求めている証。

「……っ……れ、礼香……」

「は、はい♥　亮介君っ♥」

「礼香、礼香っ……！　だ、出す、からな……礼香がエロすぎて、おまんこが気持ちよすぎて、もう我慢ができない……！」

「ええ、きてください……私も、亮介君のおちんちんと一緒に、イキますっ……！」

ピストンの軌道も、絡まる指先もそのままに、腰の回転だけが速まっていく。

ペニスと一緒に、心まで絶頂に向かって、一気に高揚していく。

「はっはっはぁっ、んぁ、あはぁあっ！　あ、ぁ、あ、あん、あん、あん、あぁんっ♥　ひ、ひぁ！　ふぁっあっ、やっあっあっあぁあああああっ♥」

膣口が、内側にぎゅぅっと締まってくる。

勝瀬さんも、いや、礼香もイくときの合図。

また一緒にイける、一緒に達することができる、その喜び。

「うぁあっ、で、出るっ、礼香っ……！」

「亮介君っ、亮介くぅんっ！　ひ、ひぅ！　うぁ、くぅぅぅうぁあっ！　あ、熱いっ……や、ぁ、んぁあっ、あぁあああああああああ～～～～～～～ッ！」

目の前が真っ白になる。全身が大きくわななく。

礼香が差し出したお腹の裏側を最後にしっかりと擦り上げ、膣奥に精液を叩きつける。

そんなペニスを、膣口が締めつけ、しっかりと絞っていく。

一度だけでなく二度も、一緒にセックスの絶頂を味わうことができたなんて、多分奇跡に近い。これを身体の相性というだけで済ませていいのか、俺には判断できない。

いや。

身体の相性が最高で、お互いに気持ちよくなれる仲なら。

かりそめのとか、監視目的ではなく、本物の恋仲になれれば最高だ。

……なりたい。

礼香が彼女だったら、幸せでしかない。

少なくとも俺は、そう思っている。


「ごめんなさいね。今日も私、必要以上に乱れてしまいました」

軽く片付けを済ませ、ベッドのシーツを整えたところで、礼香が少し恥ずかしそうにしながら話しかけてきた。

「別に、謝ることじゃないって。俺も気持ちよかったんだし、それでいいんじゃない？」

「でも、亮介君に負担をかけてしまったから」

「そのぶん、礼香と一緒にイけたから。労力と見返りを比べたら、断然見返りのほうが大きいよ」

「そうですか？　無理、させていないですか？」

「全然」

やけに、礼香が俺のことを気に掛けてくる。

今まで全てにおいて積極的だった礼香が、俺の顔色を窺っていることが不思議だった。

童貞を捨てきれたからだろうか。俺の心に、礼香を気遣うだけの余裕が少しだけ生まれていた。

「……どうしたの。言いたいことがあるなら、言ったほうがよくない？」

あんなに求め合った仲なんだし、もう少しお近づきになりたい……という願いもあって俺のほうから声を掛けてみた。

冷静に考えると、たいした進化だと思う。

セックス以外のときに、俺が自分から人の話を聞こうとしているんだから。

「……あの。私に幻滅をしないで聞いてくれると、助かるのですけど」

ためらいながらも、礼香が言葉を紡ぐ。

「亮介君も、感づいてはいると思うんですけど……私、多分、性欲が強いほうなんです」

……知ってる。

「亮介君と関係を持つようになる前は、自分でオナニーもしてましたし」

……わかる。礼香自身が、そういうふうに言っていた。

「私、学校では生徒会長として、優等生で通していましたので……もちろんクラスメイトや先生たちに頼られるのは嬉しいんですけど、どうしても自分の欲を押し殺しながら生活することになってしまうから、ストレスが溜まってしまって」

……優等生ならではの悩み、ってところなんだろう。

「隠れてリップをしていたのは、ストレス発散っていう意味合いが強かったんだと、自分では認識しているんです。平凡で窮屈な日常に飽きて、皆にばれたら優等生の私が吹き飛んでしまうような、ドキドキとスリル感を求めて……だから、みんなに隠れてマスクの下に校則違反を忍ばせる、というような、いけないことをしていたの」

「……けど、俺にそれを悟られそうになった」

「ええ」

「だから、俺を監視した……までは、わかってたけど。じゃあ、口止め料にセックスしようって礼香が言ってきたのは、一挙両得的な狙いだったのかな……？」

「最初は、そこまで打算的な狙いではなかった……と思います。でも、亮介君があまりにも、私のリップを引いた唇を見つめてきたので……そこで、狙いが狂ったというか、狙い以上の結果が生じたというか……セックスが、おちんちんで気持ちよくなる、性欲が満たされまくる行為だってことを、私、亮介君で知ってしまったから」

ここまでは、俺と礼香のなれそめを復習したに過ぎない。

礼香は、ここからが本題なんだけど、と前置きして、更にもじもじしながら言葉を絞り出してきた。

「でも、その過程で、亮介君に無理をさせていないかと思って」

「へ？」

「わ、私の性欲を、亮介君にぶつけているようなものだもの。さっきも、あれしてちょうだい、これしてちょうだいと、亮介君が優しいのをいいことに欲張りし放題で……セックスなんていう全身運動を亮介君に強いて、しかも腰の動かし方までおねだりをして、挙句の果てに……犯してください、とお願いしているのに、自分から腰を動かしてしまって……そ、そんなセックスで、亮介君にストレスを与えているんじゃないか……心配をしていて……」

「ちょ、ちょっと待った。それ、根本的なところで違うから」

「えっ？」

「俺、好きだよ、礼香のことが」

全く余計な心配をして、うつむくどころか目に涙を浮かべてしまいそうになっていた礼香をなんとか励まそうとした俺。

何気なしに出てきた自分のセリフに、自分でびっくりする。

「あっ違う、いや違わないけど、礼香みたいな女の子のえっちな姿が好きだって意味で」

礼香のことが好き。それはきっと、俺の本心に違いない。

でも、それは俺の私欲で、俺みたいなヤツが流れに任せて礼香にぶつけてはいけない言葉だと思った。

変な方向に行きかけた話の流れを強引に変えて、軟着陸を試みる。

「お、俺が礼香とのセックスをストレスに思ったことなんて、一度もないよ？　そりゃ、いきなりちんこを咥えられたときは、びっくりはしたけど。ただそれだけで、あとはもう気持ちいいって感覚をもらってばっかりだから」

「そ、そうかしら……でも私、亮介君におねだりばかりしているわ」

「そんなの、礼香の膣内でイって、しかも礼香のエロいイキ顔を見られたので、ガッツリお釣りがくるよ」

礼香との距離を詰める。

震える彼女の手に、俺の手を重ねる。

「むしろ、よかったんだと思う。マスクの下を見てしまったのが俺で」

「亮介君で？」

「ああ。礼香が自分のことを言ってくれたから、俺も白状するよ。俺、礼香のマスクの下を見てしまったあの日、即行で男子トイレに篭もってオナニーした。礼香の唇に興奮して礼香にエロいことをしてもらうところを妄想して、ちんこをしごいたんだ」

「……えっ、あっ……り、亮介君も、オナニーするの？　それも……私で興奮して、学校の中でなんて」

「男だから精液ヌくのなんて当たり前だし。エロいことで頭がいっぱいなのも当然だし。性欲の強さって意味じゃ、礼香と全然変わらない。むしろ俺のほうが強いかもしれない」

「そ、そうなんですね……私も、卑猥なことを想像して自慰に耽ることはしょっちゅうだったけれど、男の人を直に感じるのは亮介君がはじめてだから、男の人が実際どうなのか全然わからなくて」

「そういうのに興味があるんだったら、俺を使ってくれればいいから」

……軟着陸の道筋が、見えた。

この陰キャの脳のどこかには、告白せずにヘタレやがってと己を罵る勢力もいたりするけど、それは確実に少数派だ。

今はこれでいい。この方向なら、精神的には礼香との関係を壊さずに、肉体的にはエロい行為を続けられる。

「俺もエロいことは大好きだし、礼香とのセックスは楽しいよ。夢中になれる。礼香みたいな完璧な女の子が、どこまでエロい内面を持っているかなんてことも、むしろもっと知りたいよ。嫌悪感なんて一切ない。俺もエロいことは大好きだから」

「…………」

「だから、これからも遠慮しないで、俺におねだりしてくれ。いや、俺もエロいことは大好きだから、俺のほうからおねだりすることもあるかもしれない」

「……ぷっ、くすくすっ。もう、何度同じことを言うの？　エロいことは大好き、って」

「そ、そりゃ、大事なことだから……礼香と俺の共通点だから、みたいな？」

「そうね。共通点ね。ふふふふっ♪」

ようやく、礼香が笑ってくれた。

俺の好きな、えっちな微笑みだ。

「ありがとう、亮介君。そう言ってもらえると嬉しいわ」

「俺のほうこそ。礼香のこと、話してくれてありがとう」

「これからも、えっちなお願い、することになると思うけど……いいですよね？」

「もちろん。礼香の期待に添えるよう、俺も頑張るよ」

「なら私は、お礼に亮介君のこと、たくさん気持ちよくしてあげますね♥」

かりそめの、恋人同士。

その実態は、快楽探求者たちの運命共同体。いかにも俺たちらしい関係だ。

これからのセックスに期待して。

そして俺は……礼香との関係を、僅かだけれども一歩踏み出せた喜びを胸にしまって。

俺たちは、手と手を取り合って……キスを、した。


「おはよう、亮介君」

朝一番に耳に飛び込んできた、控えめな声量ながら明るい声。

そんな礼香の一言に、クラスメイトたちがざわつく。男たちの鋭利な視線が、何本も俺の背中に刺さる。

「お、おはよう、勝瀬さん」

いつものように返すと、えっ、と軽く驚いた表情。

礼香は口元に手を置いて、五秒ほど目を泳がせてしまう。

今度は女子生徒たちの鋭利な視線が、正面から俺を射貫く。

わかる。皆が俺に何を言いたいのか、よーくわかる。

なんでお前が名前で呼ばれてるんだ――。

名前で呼ばれてるんだから、名前で呼び返してあげなさいよ――。

つまり、平静を装っていつもどおり名字で礼香を呼んだ俺は、満場一致で悪手を打ったと判断されたわけだ。

見ると、礼香もそこから動かずに、俺の挨拶のやり直しを求めていつもの微笑みを浮かべている。

……観念して、たった一言発すればいいだけ。

なのに、喉がからからになる。全身から汗がぶわっと噴き出る。

「……あ、あの。おはよう…………ぃ、か」

やり直し！　と、全員の視線が叫ぶ。

「お、おはよう、礼香！」

クラスに響き渡る声量。

終わった後、俺ははぁはぁと息を切らしていた。

よし、と皆が納得して、殺気立った空気が和らいでいく。

俺が礼香と呼び直したときの、彼女の満面の笑みは、可愛かった。

なんだか、納得がいかない。

礼香にではなく、周りの雰囲気が、だ。

あれ程までに、それこそクラスの総意として、生徒会長に水原は似合わないの一辺倒だったはずなのに。

……いや、違う。俺たちの仲がどう発展したかが問題ではないんだ。

皆の基準は、あくまで勝瀬さん。

俺の意思がどこにあるかなんて、誰も気にしていない。

『勝瀬さんに恥をかかせるなら彼氏なんてやめちまえ』。

根底にあるのは、これだ。間違いない。

……そうわかってしまうと、一気にプレッシャーじみたものが両肩に乗ってくる。

かりそめの恋人同士なんだから、深く気にする必要はないんだろうけど。でも、俺は、できるならばその仮免を取っ払いたいと考えているわけで。

どうやら、道のりは思った以上に険しいらしい。

「うっわ、水原のヤツ、名前呼びしただけで顔真っ赤になってやんの。中学生かよ」

「いや小学生だぜ。女に免疫ねーにも程があるだろ」

そしてこの、男共の野次だ。

「おーい水原ぁー。お前マジで付き合ってんなら証拠見せろやー」

そしてこの無茶振りだ。

クラスの奴らは、ほんっとに陰キャが困惑することしかしてこない。

「あっはは、無茶言うなよお前。アレで赤面してんだぞ？　生徒会長と手ぇ繋いだりでもしたら失神しちまうんじゃね？」

「おっなるほど？　それいいね、水原、繋いでみせろよ。証明だぞ証明ー！」

「……っ！　ちょ、ちょっと待てって。なんでそれが証明なんだよ。第一、他人とむやみに触れるのだって、エチケットからすると推奨されないことだって、学校の保険医からも指導が……」

「関係ねーよ。手ぇ繋いだ後にアルコール消毒すればいーだけだろ」

もう、嫌だ。

こういった輩は、正論をかましても勢いと発言力だけでごり押ししてくるから。

再び、360度全ての方向から、クラスメイトたちの視線が刺さる。気づくと女子までもが『繋いであげなさいよ』という空気を作っている。

肝心の礼香は……い、いつもみたいに、微笑んでいるし。

私はどちらでも構わないわよ、という……でも繋いでくれたら嬉しい、という……。

「水原ぁー。証明まだー？」

「そーだそーだ、早く証明してみせろー！」

ええい、ままよ。

ふたりきりになったら、手を繋ぐくらいしているんだ。それと同じことを一瞬、ここですればいいだけ……。

「……えっ？」

手を繋ぐ、という行為。

俺が礼香とする、手を繋ぐという方法は、これ。

お互いの手のひら同士をくっつけて、細い指の間に自分の指をそっと挟み込んで、指先を折り曲げ、やんわりと握る……。

あれ。

どうして今度は、周りがざわついているんだ。

注文通り手を握ったんだ。恋仲を証明したんだ。賞賛されるのが筋なのに。

「お、おう。わかったよ、水原。手ぇ引っ込めとけ、な？」

「な、なんでだよ。ちゃんと証明したぞ、俺」

「違ぇって、やり過ぎなんだよお前。生徒会長よく見ろよ、ラブ握りなんかされて、明らかに困ってんだろーが」

「えっ？　あっ！」

そこでようやく、俺は正気に戻った。

クラスメイトのオーダーは、手を繋げ、だったわけで、指を絡めるのは注文以上の過剰な行為だったわけだ。

俺と礼香のいつも通りは、お互いにエロを求めていることが根幹にあり、それが基準になっていることを忘れていた。

……ただ。

怪我の功名というか、なんというか。

この一件で、クラスの中でほんの少しだけ、俺が本当に礼香とお付き合いをしていると認められるようになった……そんな気がする。

俺も一応、恋人らしく振る舞おうと努力してみた。

帰るとき、礼香を待って一緒に下校してみたり。

生徒会の仕事も、他の役員の邪魔にならない範囲で手伝ってみたり。

ただ、礼香の行動力は、俺の努力を軽く上回ってくる。

お弁当を作ってきて、昼食を一緒に食べようと誘ってきたりもした。

当然、頭の出来も違うので、礼香のほうから勉強を教えてきたりもした。

定期テストが近づいた頃、恋人らしいことをもっとしましょうと、放課後、俺を礼香の部屋に誘ってきたこともあった。

誘いを断る理由もない俺は、ある日、また礼香の部屋にお邪魔した。

ふたりきりに、なった。

当然、マスクを外して、エロい空気が生まれていった。

ただ、またしても礼香のほうが上手で……。

「だめですよ。ちゃんと勉強しないと、えっちはしませんからね」

「え？　ちょ、そんな」

「少々、調べさせてもらいましたけど……亮介君、前のテストでは真ん中より下の順位だったんですね。それでは、私の彼氏さんとしては困る成績だと思うんです」

「え～……？」

「これ以上に下がったら、普通に赤点でしょう？　『水原は生徒会長に夢中になって成績が落ちた』なんていう評価をされたら、彼女の私にも影響が出るんです」

「あ……まぁ、それは確かに」

俺の彼女は、彼氏の操縦法が上手い。

普段試験勉強なんてほとんどしない俺に、セックスを餌にして、勉強を教えてくる。

「と、いうことで。今日は試験範囲を終えるまで、えっちはなしです」

「…………」

「どうしましたか？　わかりましたか？　はいかいいえで答えてください？」

「……条件付きで、はい、で」

「条件つきとは？」

「いや、その……礼香のほうは、えっちなしで我慢できるのかなーって」

「……そういう心配をしてくれるのなら、早く勉強を終わらせてくれたほうが、私としても助かるのですけど」

その上で、ぶら下げた餌がいかに美味いかを、きちんと強調してくる。

礼香が微笑みながら、マスクの裾をくいっと持ち上げて、唇を俺にチラ見せしてきた。

「……わかった。よし、やるぞ」

「その意気です。課題を終えたら……いっぱい、しましょうね♪」

それから二時間。

俺は、礼香が想定していた倍のスピードで、試験範囲の復習をこなしていった。

大きな問題を解き終えたとき、礼香は必ずささやかなご褒美をくれた。

唇に触れさせてくれたり、ちょこんとキスをしてくれたり、指先をぺろりと舐めてくれたり……とにかく、最後にはえっちなことが待っているから頑張りましょう、と言って俺の背中を押し続けた。

最後の一問を解き終わって、礼香に答え合わせをしてもらう。

赤鉛筆でノートに丸を描いた彼女が、そのままそっと立ち上がって、スカートのホックを外してきた。

「……♥　よく、頑張りました。じゃあ……セックス、しましょう？」

「……！　よ、よし。しよう、礼香。俺、どうしたらいい？」

「逆に、どうしたいですか？　頑張ったのは亮介君ですから、なんでも注文してくれていいですよ」

ずっと、ずーっとエロいことを考えていた俺。

犯させてとか、自分でしているところを見せてとか、もっと淫乱度の高いお願いをしてもいいんだろうけど、結局俺はラブな方向の注文をすることにした。

「対面座位ってヤツを、してみたい。ぎゅって抱きしめ合うアレ。わかる？」

「ええ。知識は持っています。でも、せっかくの注文なのに、そんな簡単なことでいいのかしら」

「ああ。礼香とキスしながら、セックスしたいから」

お互いに半裸になって、性器を空気に晒す。

マスクを外して、舌を絡め、唇を重ねていく。

「ん……ちゅ……ちゅく、ちゅぷ、ぷちゅる……」

「んれぅ、れりゅっれりゅっ、ぬりゅ、くりゅぅ……ぁふ……亮介君、もっと……」

「礼香……んっ……んく、くちゅるぅっ……」

長い長い、キス。

自然と、お互いに右手で相手の性器をゆるゆると刺激していく。

亀頭を指先でもてあそびながら、そっと皮を剥いていく礼香。

俺もクリトリスを探り当てて、じわりと溢れてきた透明な蜜を、その小さな豆粒に塗りたくっていく。

「っ、ふぁ……！　くすっ、亮介君、もう準備はばっちりみたいです」

「礼香だって、こんなにおまんこ、エロく濡らしてる」

「ええ、自分でもわかります。私のおまんこ、亮介君のおちんちんを欲しがっているの。さっきからずっと、ずーっとよ」

「礼香も、我慢してたんだ？」

「当たり前です。私……亮介君のおちんちん、大好きですから」

部分を限定した、大好きをいただいてしまう。

でも、それでも礼香が俺を必要としてくれているのが、なんだか嬉しい。

「いくよ。足、開いて」

「ええ……ん、んんっ……く、くぅ！ んんん～～～～～～～～～っ！」

ベッドの上で向き合って、俺の注文どおりの体位になる。

礼香の太ももが、俺の足の上に乗る。薄く開いたスリットの奥に、いきり立ったちんこがゆっくりと入っていく。

「んぁっ！ あはぁあっ！」

しっかりと根元まで埋もれたところで、礼香も歓喜の声を上げる。

繋がったことを確認して、彼女が俺の肩に手を回して、しっかりと抱きついてきた。

「っ、はふ……んんっ……ふふっ、なるほど……これはなかなか、恋人らしい格好かも、しれないですね……亮介君の体温を、すごく感じることができます……」

「礼香のあったかさも、伝わってくるよ。あと、おっぱいの大きさとか、柔らかさも」

「……♥ 亮介君、それが狙いだったんですか？ 興奮しているのが、おちんちんにも伝わって……私の膣内で、ガチガチになって……んぅっ、ふ、ふぁぅぅっ……お、奥まで、ずんって、きて、いますっ……♥」

「ああ、すごく気持ちいいから。それに、礼香だってめちゃくちゃエロくなってるよね。乳首がコリコリになってるの、すごくわかるし」

「んぅ……♥ それは、もう……待ちに待ったものを、亮介君からもらっていますから。乳首を硬くしてしまうのも、おまんこをこんなに濡らしてしまうのも当たり前で……っ、あ、あぅ、ごめんなさい、亮介君。本当に我慢できないの、私っ……！」

礼香のほうから、ピストンを始めてくる。当然俺も、すぐに腰を合わせて気持ちがいい抽送を味わっていく。

リップが輝く唇が、ゼロ距離にある。艶めかしい吐息が、その奥から漏れてくる。

「んふ、ふぁ……くぅっうぅんっ、はぁ、はぁ、はぁっ……♥」

この体位、騎乗位や正常位のように全身をベッドに投げ出しているわけではなく、下半身だけで体制を維持しないといけないから、そこまで腰の自由度はない。

尾てい骨を浮かせる感覚で、もぞもぞと動く。

奥を突くというより、カリ首と膣内のひだひだを擦れ合わせることを主体とした触れ合いが続いていく。

「んぁ、ふ、ふぁ……亮介君っ……♥」

「礼香……キス、させて」

「ええ……んく、んむ……ちゅ、ちゅぷ……れぅ、ちゅく、ちゅくくっ……」

すぐにキスができるのも、座位の特徴だ。

そして、唇を合わせると、必然的に礼香のおっぱいが更に俺の胸板と密着する。

「んふ、んく、ぁふ……♥　ふぁ……はっ、はぁ……んく、くぅぅん……っ」

痺れるような快感はないけど、身体の芯がじんわりと溶けていく、そんな感覚。

同じセックスでも、体位一つで感じ方がこんなに違うんだと、感心してしまう。

「ぁふ……んんっ……はっ、ふ、ふぅ、ふぁぅ……ふふ、亮介君も、なかなか、えっちな身体をしているんですね……♥」

「……え？　なに、どういうこと？」

「先程、私にしていた指摘を、そのまま返すことになりますけど。亮介君の胸の先端も、ピンと硬くなってきていますよ」

「え？　えっ？　ちょ、なにそれ、言われるの恥ずかしいんだけど」

「くすくすっ。恥ずかしいことばかり言って、私を濡らしてくれたお返しですよ♪　もし亮介君に自覚がないなら、教えてあげますけど……」

「教える、って」

「……こうすれば、簡単ですよ？　私のコリコリ乳首を、亮介君のえっちな乳首に重ね合わせれば……ん、んんっ！」

「っ！　ひ、ひぅ！」

変な声が、出た。

確かに、コリッという擬音がぴったりの触れ合いだった。けどそれは礼香の胸の先端だけでなく、俺自身のほうからも出た擬音だった。

その瞬間、ビリッという刺激が背筋に回って、一気に腰へと突き抜けていく。

「……？　えっ、なんで……」

「ふふっ♥　あの、亮介君はもう、おわかりだとは思うんですけど……実は私、とってもえっちでして。セックスのことは、調べられる範囲で、色々と調べてきたのですが♪」

礼香の、微笑み。

今まで経験してきた中でも最大級の妖艶さで、俺の顔を覗き込んでくるその瞳。

「男の子も、感じてしまうらしいですよ？　ち・く・び♪」

「……い、いやいや。さすがにそんな……」

「もう一度、試してみましょうか♥」

「っ！　ま、待って、礼香……く、うぅ！　うぁ、あぁあっ！」

……ヤバい。

乳首と乳首がじゃれ合うたび、さっきのビリッという電気が背筋を駆け巡っていく。

それは回数を重ねるほど大きくなって、しかも消えることなく全身に響き渡っていく。

想定外のところからやってきた快感に、俺は全身を震わせて悶えることしかできない。

「はぁ、はぁっ、あ、あっ……礼香っ……！」

「亮介君、素敵です。蕩けている顔が、可愛くて……キュンキュン、きてしまいます♪」

「うわ、やめてって。俺の顔なんて見なくていいから」

「どうしてですか？　恋人の顔を見つめるのは、いけないことですか？」

「めっちゃ気持ちいいときに、理詰めで俺を追い込むの、やめ……んむ！　ふむぅっ！」

お互いに腰を動かして、ふたりでピストンを作っている。

抱きしめ合って、俺が礼香を、礼香が俺を支えている対面座位。

物理的には対等なはず。胸と胸だって、ぴったりとくっついているだけ。

なのに、今日は主導権を握られっぱなしで、びくんびくんと腰をわななかせているのは俺のほうだ。

射精を堪えられていられるのが不思議なくらい、苛烈な刺激が何度も何度もやってきている。

「んく、ちゅ、ちゅぷ……っふ、はぁ、はぁ、れ、礼香、ちょっとタイム……」

「だめです♪　もっとも～っと、溶かしてあげます♥」

明らかに、礼香はエロいスイッチが入っている。

ただ、問題は礼香のほうより、むしろこの状況をアリだと思っている俺のほうにあるのかもしれない。

礼香がキスをしてくる。つやつやの唇が俺の唇を啜り、いたずらっぽい舌先が口腔を舐め溶かしてくる。

俺が一番好きな、この小さな唇が、俺の感度を無限に吊り上げていく。

「……ふふ、亮介君。まだまだ、これで終わりじゃありませんからね」

「……っ……？　ま、まだ、何か……して、くれるのか……？」

「まあ、してくれるのか、ですって。亮介君って、セックスは責められるほうが好きだったりするんですか？」

「せ、せめて責めるも責められるも両方好きだとか、リバーシブルだとか、そういう表現をしてほしいんだけど」

「ふふふっ。では言い方を変えますね。責められる『のも』『確実に』好き。そういう認識で、いいですよね？」

「………………」

「素直に頷いたら……もっと、ご奉仕、してあげますよ♪」

「ぅ……す、好きだ。礼香の言うとおり……してもらうのも、好き……です」

「ふふふっ、そうですか……♥　奇遇ですね、私もです。亮介君におちんちんを突き入れられ、犯し尽くされるのも大好きですけど……こうやって、亮介君を快感の虜にしていくのも……最高に、ゾクゾクくるんです、私っ……♥」

と。

礼香が、更に俺に抱きついてくる。

そのエロい唇が……俺の左耳を、捉えてきた。

「ん、ちゅ♥」

「ッ！　ひ、ひぅ！」

耳舐め、だ。

よくエロい音声とかであるヤツを、礼香が仕掛けてきた。

耳たぶを軽くなぞられただけで、さっきの乳首と同じように、ぞくっと背筋が震えた。

つい数分前まで、俺も礼香とのセックスにも慣れてきたと自負していた。でも、それが
こうも簡単に、礼香の唇によって覆されていく。

こんなに簡単に、気持ちよくなってしまうものなのか。

大好きな唇でついばまれただけで、こんなに簡単に腰が砕けてしまうものなのか。

「……くすくすっ。亮介君？　質問、していいですか？」

「うぁ……な、なに、礼香……」

「お耳……もっと、ぺろぺろしてほしいですか？」

しかも、俺がもう理性を粉みじんにされていると知りながら、礼香は焦らしてくる。

「ぺろぺろ、して、ほしいですか？」

「っ……う、うぁ……」

「はいかいいえで、簡潔に答えてくださいね？」

「……っ、は、はい。礼香に……耳、溶かして、ほしいっ……！」

「くすっ、よくできました。それじゃあ……」

耳元での囁きは、リミッターを外す合図。

「亮介君がイくまで、ぺろぺろ、してあげますから……溜まっているぶんを、私の膣内《なか》に思いっきり出してくださいね」

「はぁ、はぁ、でも、それだと礼香は」

「大丈夫です。おまんこ、もうどろどろになってますよね？　こんなところに、亮介君の精液を注ぎ込まれたら……それだけで、達してしまう自信がありますから……♥」

エロ漫画もびっくりの、礼香の責め。

小さな舌が、濡れる唇が、俺の耳を余すところなく熱くしていく。

「ん、れぅ、ぴちゅ、くちゅる……れぅれぅ、れりゅ、んく、じゅるっじゅるるるぅっ」

右の耳がとろとろになったら、次は左の耳。

彼女のキスがどんなに官能的かは、今までキスをしてきた俺が一番よく知っている。だから、こんな責めを受け続けたら、すぐにイってしまうことも容易に想像できる。

蠱惑的に囁《ささや》かれる礼香の言葉は、まさしく絶頂へのカウントダウンだった。

「亮介君。おちんちん、気持ちいいですよ」

「亮介君、もう限界ですよね。私の膣内で、亮介君の熱いのが、ぶるぶる震えてます」

「イって、いいですよ。最後は腰をぴ～ったりくっつけて、私の奥に、思いっきりびゅっびゅって、してくださいね……♥」

股間から聞こえる水音と、礼香の舌が俺の耳とディープキスをする水音が重なって、卑猥なハーモニーを奏でてくる。

脳が、蕩ける。聴覚が快感に溺れていく。

どうあがいても堪えきれない射精欲が、ぐんぐんと昇ってきて、そして……。

「はぁ、はぁ……う、うぅ、礼香、出る、出るぅっ……！」

「くちゅ、ぴちゅるっ……い、いいですよ、きてください、亮介君っ♥」

腰の震えが止まらなくなり、がむしゃらに突き上げる。

礼香が導いてくれたとおり、腰と腰をぴったりとくっつけて、己の欲をぶちまける。

「……ッ！　あ、あぁっ、熱い……亮介君のおちんちん、イってるっ……♥　わ、私っ、いっぱい、注がれて……おまんこ、震えてっ……！　あ、や、やぁっ、私もイくっ、あ、ひあ、ふぁっあっあぁああああああああああ～～～～～～～～～～っ！」

お互いに抱擁しながらの、絶頂だった。

セックスの快感の頂点を、ふたりで噛みしめ合う。

爪で肌を傷つけてしまうくらい指先を背中に食い込ませ、全身をわななかせて最高の時間を共有していく。

「はぁ、はぁ……ふぁ、あぁっ……亮介君……」

「礼香……」

ゼロ距離で温もりを感じながらするセックスのいいところは、いつでもキスができるところにある、と思う。

絶頂の余韻に浸りながらするキスに、俺はこれ以上ない喜びを感じていた。

＊　＊

それじゃあ、また明日。

そう言って、亮介君は帰っていきました。

玄関で彼を見送った後……私は、自分の部屋に戻って、ベッドに顔を埋めました。

彼とひとしきり行為に耽った後、部屋を換気して、そこらじゅうに飛び散った残滓も綺麗に拭き取ったはずでした。

シーツが汚れると面倒なので、前もってバスタオルを敷いていたので、後片付けも要領よく的確にできたつもりでした。

でも……彼の、亮介君の残り香は、ふわりと残っていました。

それが精液の匂いなのか、汗の匂いなのか、はたまた彼特有の匂いなのかは判別できません。しかし、私を酔わせる香りであることに間違いはありません。

また、身体が疼き始めます。

あんなに求め合ったのに、もっと満たされたいと望む、浅ましい私がいます。彼が座っていたクッションを、鼻のあたりに持ってきつつ……私は、自分で自分を慰めていきます。

思い切って指をおまんこに差し込んで、彼が出してくれた精液を再びかき混ぜるように動かしていきます。

浅ましくもいやらしい、私。どこまでも強欲な私。

あんなに満たされたはずなのに、どうして疼きが収まらないのか。

自分の指で身体を快楽に染めながら、そんなことを考えます。

答えは、簡単です。

満たされていない部分が、私の中にあるからです。

亮介君は、こんな淫らで変態な私を認めてくれます。そればかりか、私の欲を受け止めて、私を求めてくれます。

学校の誰にも、そして親にも相談できなかった、私の卑猥な悩みを、亮介君は全部解消してくれるんです。

彼のおかげで、学校の中で優等生を演じても、そこまでストレスが溜まらなくなりました。自分の欲を抑え込む必要がない、と感じられるようになって、最近は気持ちがとても楽になっています。

だから私は、亮介君に感謝しています。

そして……それと同時に、亮介君なしではいられない身体になってしまった、と感じるんです。

彼に非はありません。全て、私の問題です。

今の、私と彼の関係は、かりそめの恋人。

私が彼に偶然唇を見られたことから始まり、監視という名目によって成り立っている、脆《もろ》い関係です。

その関係が……ある日、終わってしまったら。

そう考えると、嫌な気持ちになります。収まっていたはずの疼きが復活して、どうしようもなく自慰がしたくなります。

あり得ない話ではないんです。

それこそ、いつか彼が本当に好きな相手ができたら、淫乱な私なんて見向きもされなくなるでしょうから。

私は、浅ましい女です。

亮介君に、身体を満たしてもらっているのに。

心まで……満たしてもらいたいと、考えているなんて。

そんなの、強欲すぎて、自分で自分に笑ってしまいます。

でも。

こんな、複雑な気持ちになるくらいに。

四六時中、彼のことを考えてしまうくらいに。

私は……亮介君のことが、好きになっているんだと、気付いたんです。

――亮介君、好きです。

そう、つぶやいて……私は、自慰で、切ない絶頂を迎えました。

第三章 えっちな生徒会長のホントの気持ち

礼香との仲は、深まっていく一方だった。

特に肉体的な方面で、ふたりとも遠慮がなくなっていた。

とは言っても、毎日のように彼女の両親が家を空けているわけでもない。母親が早めに帰ってきそうな日、あるいは父親の会社がノー残業デーの日などは、当然セックスのために礼香の部屋を使うことはできなくなる。

そんな日の彼女は、とても残念そうだった。

気丈に振る舞って、いつものような微笑みを見せてくれはするものの、スカートの裾をぎゅっと握る拳や、無意識のうちにすり合わせている内ももを、俺は逃がさなかった。

意を決し、勇気を持って、俺は彼女に提案した。

じゃあ、うちに来る？　と。

待てと言われ、お預けを食らっていた飼い犬が、やっと主に許可をもらったときのように、礼香は俺に飛びついてきた。

そして、放課後。

礼香は生徒会の仕事を、一気にこなした。

早々に帰途についた俺たちは、小走りで俺の家に向かった。

俺の部屋に入り、両親が不在であることを確認し、ふたりきりになったところで、彼女のリミッターが音を立てて壊れる。

「……部屋中に、亮介君の匂いが染みついています……あぁ、私、息をするだけで淫らになってしまいます……♪」

「礼香……？　そ、そんなに？」

「ええ。この匂い、いつも私を抱いてくれる匂いです。私とセックスをしているときの、亮介君の匂いです。亮介君は、夜な夜なこの部屋で自慰に耽っているんですよね。これ、その匂いです。亮介君の、精子の匂い……♥」

「…………礼香……あのさ。欲求不満、溜まりすぎだろ」

「だ、だって！　今日は私の部屋でできないから、我慢しようと思っていたんです。そうしたら亮介君が誘ってくれて……亮介君から、しようと言ってくれたのが嬉しくって……ご、ごめんなさい、引きますよね。でも、でもっ、ドキドキが止まらなくって、今も私、亮介君のおちんちんが欲しくて欲しくて仕方なくて……っ」

確かに、ほんの少しだけ、うわぁ、と思う。

けど、礼香はこの、瞳を潤ませ、唇から漏れるよだれでマスクを濡らすあられもない姿を、俺にしか見せない。そう考えると、引くというよりむしろ好ましく、独占欲みたいなものがふつふつと湧いてくる。

同時に……この状態なら、今日は精神的に俺が優位に立てる日だ、と思ったりもした。

「いいよ、礼香。存分に味わってよ、俺のちんこ」

「え？　い、いいんですか？」

「ああ。但し、めいっぱいおまんこで奉仕してほしいな」

「は、はい、任せてくださいっ。私のおまんこ、今日は亮介君用の生オナホになりますから……！」

こんなエロに溢れた台詞を、リアルに聞くことなんて、レアすぎる経験だ。それだけでも、礼香とかりそめながらお付き合いをしている甲斐があったというものだろう。

いそいそと制服をはだける礼香。下半身を剥き出しにしてベッドに横になる俺。

オナホになる、という宣言どおり、じっとりと濡れた秘部を指で押し広げつつ、彼女が俺に跨がって腰を落としてくる。

「んぅ……！　くぅっ、ふ、ふぁ、んぁっあはぁあああああっ！」

たっぷりと蜜をたくわえた膣道が、ぶちゅりと淫猥な音を立てて、ペニスを飲み込んでいく。挿入の衝撃を噛みしめる間も惜しいといった表情で、礼香が全身でピストンを始めてくる。

「はっ、はぅ……んぅ、んぅあぁあっ、あひ、ひぁあっ！　す、すごい、今日も亮介君の、熱くて、硬くて、私の奥まで届いていて……っ♥　あぁっ、これいい、いいですっ、気持ちいいの、すごくすごく気持ちいいのぉっ！」

性器同士が擦れ合う、じゅぷじゅぷという音が、すぐにボリューム最大で部屋に響き渡るようになる。

大胆に腰を打ちつけながら、礼香がセックスの悦びに浸っていく。

「んぅ、ふぅうっ、んくぅううっ！　んぁ、あふ、ふぁあっ、あん、あん、あぁんっ！」

「はぁ、はぁ……礼香、激しすぎじゃない？」

「わ、私は大丈夫です……むしろ、これくらいしないと、おまんこの疼きが収まらない気がして……ふ、んくぅっ、んぅぅぅうぅうっ♥」

両手でしっかりと自分の身体を支えながら、礼香が腰を振りたくる。

俺の部屋のベッドが、今まで経験したことのない軋み方をする。スプリングの跳ね方も半端なく、ギシギシと音を立てながらふたり分の体重をやっと支えている状態だ。

「あぁっ、んぁぁあっ！　んっ、あっ、ひぅ、んぅぅうっ、くぅぅぅんっ♥」

お尻の肉をたわませながら、腰を精一杯上げては落としを繰り返す、いわゆるくい打ちピストンで俺のペニスを味わっていた礼香。

と、急にストンと腰を落とし、今度はぐりぐりと骨盤全体を俺の腰に擦りつけてくる。

「はぁ、はぁ、ふー、ふーっ……んんんっ、んく、くぅぅぅ……っ！」

ピストンというよりは、前後運動。

礼香の膣内でカリ首があらゆる角度で膣道とぶつかり、ひだひだにねぶられていく。

更に次は前傾姿勢になって、お尻だけを細かく上下させる動きに変える。

考えつく限りの腰使いを自在に繰り出して、種類の違う快感を味わい尽くす礼香。

汗が全身から噴き上がる。肌が真っ赤に染まっていく。彼女の欲望が、一気に解放されていくのがわかる。

「ふぅっふぁああぅっ、あ、ぁ、あ、あはぁっ！　あん、あん、あぁあんっ！」

「……今日の礼香、本当に凄いね。俺、負けそうだよ」

「そ、そんなこと、ないですっ……亮介君のおちんちん、セックスするたびに大きくなって、いるん、ですよっ……？　私のおまんこをいっぱいいっぱい気持ちよくしてくれる、すごいおちんちんに、なっているんですよっ……？」

「はは……なんていうか、凄いかどうかは置いておいて。俺も動いていい？」

「えっ？　ひ、き、きゃぅうっ！」

礼香の淫らな動きに圧倒されながらも、俺は今まで彼女の様子をじっと見ていた。

腰の動きと、喘ぎ方。腰の震えに、俺の胸板でぎゅっと握られている拳の力の入り方。

色々と観察をして、どんな動きが気持ちいいのか、膣道のどこを擦ったときに彼女が悶えるのかを再確認していた。

その上で、礼香と腰を合わせる。

礼香が一番感じる動きを選択しつつ、下から突き上げる。

「きゃぅっ、ふ、ふぁ、あはぁあっ！　やっあっあっ、あぁあああ～～～ッ！」

喘ぎ声のトーンが上がる。目の前で揺れる乳房の先端がピンと張り詰める。

その誇張している乳首を指の腹で押し潰しながら、礼香の性感帯である腹の裏っ側を、細かなピストンで小突いていく。

「ひゃひっ、あひぃいっ！　ひ、く、くぅうっ、んっんっんっんっんっんっんぅぅぅっ、ひぐっ、くぅううう！　んんっ、んんん～～～～～～～～～～～っ！」

腰使いを変えれば、礼香の反応も変わる。

ひっきりなしに襲ってくる快感に、喘ぐというより悶えていく彼女。

マスク越しの吐息が艶めかしい。口元に篭もった熱気によって、布地の裏がどんどん濡れていく。

「ふぁ、あひ、ひぁっあぁっ、やっあっあんっ、あんっ、あぁあんっ！　りょ、亮介君、そんな、私の弱いところばっかり……！」

「礼香が感じてるところ、もっと見たいからね。どんどんいくぞ」

「ひ、んひぃぃぃぃっ！　あ、あぅ、今度はぐりぐりって、腰、回されてっ……！　くぅ、んぅぅぅっ、お、奥っ、ジンジン、きちゃいますぅっ！　こ、これ好きですっ、亮介君のおちんちんの形が、おまんこに伝わって、くる、からぁっ……♥」

「……さっき、礼香自身がしてくれた腰の動き、真似てるだけなんだけど」

「あぅ、い、言わないでくださいっ……私も、えっちに腰を動かしてしまっているの……じ、自覚は、しているんですから……♥」

礼香は、自分が淫らだと自覚してセックスに身を投じている。

言い方を変えれば、礼香は淫らである自分を隠さずに、より淫らになることを望んで、俺の上で股を開いている。

礼香の根本は、以前から何も変わらない。

俺の目に映る彼女は、変わらず、魅力的だ。

「あっふぁっんぁっひっひぁあっ！　そ、そこ、すごい、すごいですっ……♥　気持ちいい、気持ちいいのっ♥　亮介君のおちんちん、もっと好きになっちゃいますっ！」

「俺も、礼香のおまんこ、大好きだよ。こんなにエロいのに、すっごく健気に締めつけてくれるんだから」

「だ、だって、気持ちいい、からっ……おちんちん、もっと感じたいから、お腹がきゅぅって、おまんこがぎゅっぎゅっ、ぞわぞわって、勝手になるのっ……♥　い、今もほら、私の、なか、ぞわぞわって、動いてっ……ひ、ひぅう！　あ、だめ、だめっ、ぞわぞわ、しすぎちゃ……っ、く、くぅう！　んくぁあぅぅううううう〜〜〜ッ！」

一瞬、礼香が止まる。

全身を硬直させた後、愛液をどっぷりと溢れかえらせ、がくがくと腰を震わせる。

「っ、は、はひ、ひぁ、ひぃっ……あ、あぅ、亮介君、ごめ、ごめんなさいっ……」

「え？　ごめんって、何が？」

「だ、だって私……今、我慢できなくって、自分だけ、イってしまって……」

「………」

「ごめん、なさいっ……亮介君、まだ、気持ちよく、なりきっていないのに……おまんこだけが、幸せに……あ、あぅ、亮介君っ、亮介君っ……」

最高の瞬間を迎えたくせに、俺を気遣って萎縮してしまう礼香が愛おしい。

あの生徒会長が、今にも泣きそうな表情で、ごめんなさいと繰り返すなんて、クラスメイトは誰ひとりとして考えられないだろう。

そして……礼香のこんな姿を独り占めできている俺は、なんて幸せなんだろう。

「……礼香。おまんこ、満足した？」

「えっ？」

「一回イっただけで、満足してる？」

「えっ、あっ……」

幸せだから。

もっともっと、幸せを求めてみよう。

もっともっと、礼香を淫らにしてあげよう。

「俺と一緒にイくのもいいけどさ。せっかくだから、連続絶頂とか、させてみたいなーって思うんだよな」

「れ、連続？　あっえっ、それって」

「こういうこと。いくぞ、礼香っ！」

「えっ、ええっ？　ひ、ひゃぅっ！　ふぁ、あひぁあっ、あひ、ひぃぃぃぃッ！」

ピストンを再開する。

ぐずぐずのどろどろになったおまんこを、亀頭で突き抉る。

カリ首のへりでひだひだをこそげ落とす勢いで、腰を高速回転させる。

「ひぐっんぐぅうっ、く、くぅうっんぅっうぅううっ！　ぐ、くぁ、んぁあはぁっ！　りょ、亮介君っ、や、こ、これだめっ、強いっ、強すぎるのぉっ！　イったばっかりで、わ、私っ、敏感になってるからぁっ……！」

「敏感だから、イキやすくなってるよね？」

「えっ、あっ……！　う、うそっ、そういう、ことなの……？　あ、あ、あひ、ひぁっ、やつあっぁあああっ！　こ、これ、おまんこが、私のおまんこが、あ、あぅ、くぅ、ひぁうっ、あ、あ、あっ、らめ、うぁあっ！　ひぁ、んぁあはぁあああああっ！」

おまんこの震えが、止まらなくなる。

膝に力が入らなくなった礼香をしっかりと支えつつ、ベッドを軋ませ、腰を弾ませる。

「ひ、ひぅ！　んひゃぅぅぅううううううッ！　あ、ぐ、くぅうぁあっ、は、はっ、はーっ、はーっ、あ、あぅ、こ、これ、イってて……私、また、イってっ……！　な、なにこれっ、わ、私、おかしくなるっ、おかひくなっひゃいますぅっ♥」

「おかしくなっていいから。もっと、イかせてあげる」

「やっあっひっひぁあああっ！　りょ、りょーすけ、くぅんっ！　こ、これイってる、イってりゅのにまたイくっ♥　おまんこイくの、きひゃうのぉっ！」

礼香のおまんこが、すごいことになっている。

愛液で蕩けきっているくせに、締めつけがすごい。膣内もぞわぞわとうごめきまくってひだの一枚一枚が別の生き物のようにペニスへと絡んでくる。

そんな最高の状態の絶頂おまんこに向けて、俺も欲望の限りを叩きつける。

「っ、はぁ、はぁ、くぅう……！　れ、礼香、俺も出すから、もう一回イって」

「やっ、も、もう一回とか無理ですっ！　一回だけとかむりなのぉっ！　わらひ、な、何回もイってりゅから、イキっぱなしになってりゅからぁっ！」

「……じゃあ、思いっきりイって。それならできるよね？」

「は、はいっ……！　あ、あぅ、亮介君っ……ひっひぃいっ、あ、あひぃい！　き、きてますっ、おちんちんきてるぅっ、奥にずんずんって、あ、ぁ、あ、ふぁ、あっ、あぁっ♥　くぅうっ、うぁ、ひぁっあぁあああああああああっ♥　あーっ、あーーーっ！　やっあっあっあぁああああああああ～～～～～～～～～～っ♥♥♥」

エクスタシーの頂点で高止まりしていたおまんこに、精子を注ぎ込む。

びくんびくんと腰を何度もけいれんさせて、礼香がのたうちながら絶頂しまくる。

全身を貫く、強烈な快感。

そして、過去最高にエロいセックスをしたという達成感。

ふたりの熱気で溢れた俺の部屋。

熱の篭もった喘ぎ声を浴び、湿った礼香のマスクから、一滴の雫が垂れ落ちる。

その光景は、俺にとって……愛液と精液にまみれたおまんこと同等か、それ以上にエロかった。

ふたりきりのとき、欲望をフルに解放することができるようになった礼香の精神は、思いのほか安定していた。

クラスの優等生だった彼女は、更にやる気も充実。俺との勉強会を経て臨んだ定期テストでは、学年でトップに立つ快挙を成し遂げた。

俺も順位を五十ほど上げて礼香に褒められたけど、彼女の活躍の前には霞んでしまう。やっぱり礼香は凄い、と思う。

「そんなに自分を卑下しないでくださいね？　少なくとも、亮介君のおちんちんがなければ、私はトップを取ることもできなかったんですから」

礼香はそう言って、俺を気遣ってくれる。

こんな俺でも彼女の役に立っているんだ、と心が晴れる一方で、突き詰めていけば竿約としての役目でしかないところに、俺は少し寂しさを感じていた。

……寂しさを感じる、ということは。

やっぱり、礼香と本当の恋人になりたい、と思っている自分がいることになる。

俺みたいなヤツが釣り合う女性なわけはないと、わかってはいるものの、俺は諦めきれていない。

彼女が隣にいるという、こんなにも充実した時間と空間を一度体験してしまったら、手放したくなくなるに決まっている。

身体の相性は、抜群。あとは心の繋がりの問題だ。

かりそめの恋人。実際は口止め料代わりと性欲解消のための肉体関係という、ドライな繋がりを、もっと強くしたい。

そう願って、俺はなけなしの勇気を最大出力にして、礼香を週末デートに誘ってみた。

あっさりと、彼女はオーケーを出してくれた。それに加えて、行きたい場所も指定してくれた。きっと、陰キャの俺がデートプランに迷わないように、アシストしてくれたんだろう。

そして、土曜日。

駅前で待ち合わせをして、水族館デートが始まる。

電車に乗っているうちに、軽く性欲が漏れ出してきて、どちらからともなく手を繋いでみたりもした。

水族館に入ったら、礼香は想像以上に前のめりになって、小走りで展示スペースに向かっていった。

イルカのショーで、最前列でビニール傘を持ちながら鑑賞した。

体験コーナーでは、行ってきたらどう？　と礼香に背中を押されて、はじめてアシカに手を触れた。

深海魚の展示コーナーでは、礼香がいたずらっぽく微笑んだかと思うと、証明が暗いことをいいことに、周りに人が少なくなったときを見計らってマスク越しにキスをしてきた。

触れるだけのキスだったけど、不意に感じた彼女の小さな唇は、俺の顔を真っ赤にするのに十分な破壊力を持っていた。

……そんな、イチャイチャ感満載のデートが続いていく。

充実した時間は、心を暖かくする。

礼香と一緒にいるとき以外で、俺はこんなに穏やかな気分になったことがない。

やっぱり、好きだ。

俺は、礼香のことが、本当に好きになってしまった。

このデートを受けてくれた時点で、ほんの少しでも本当の恋人になる目が出てきた、と思いたい。

学校で俺を口止めするだけの目的だったら、週末にわざわざ時間を割いてまで恋人ごっこをする必要なんてない。だから、今日礼香が来てくれたってことはそういうことだ……なんていうのは、自分に都合のいい解釈だろうか。

……などというピュアな少女漫画みたいな恋愛を夢見つつ、水族館を回っていく。

そして。

心の中のピュアな恋愛観が葛藤している中で、困ったことに俺は、身体的にも葛藤をするようになっていた。

考えてみれば、俺は礼香がいなければ絶賛童貞中だった男だ。

異性と接することに多少の免疫はできてきたけど、それでもこういういちゃいちゃした雰囲気には馴染みがない。

馴染みがなければ、ちょっとしたことで感情を揺さぶられてしまう。

階段でつまづいてしまった彼女を支えたとき。

売店で買ったドリンクを飲もうとして、彼女がマスクの下からストローを咥えたとき。

そして、小さな水槽に泳ぐクラゲの赤ちゃんを見ていたとき、不意に礼香に二度目のマスク越しのキスをされたとき。

多々、俺の感情が激しく揺さぶられる瞬間があった。

そして、感情の揺れは、さも当然のように体内の血流を偏《かたよ》らせていく。

下半身に、滾った血が流れ込んでいく。些細なことで勃起しかける。ペニスが礼香を欲しがって主張し始める。

これではいけないと思い、どうにかして平静を装って鎮めようとしたり、あるいはズボンのポケットに手を突っ込んで誤魔化したりと手を打つけど、当然根本的な対策にはならなかった。

家に帰るまで、我慢すればいいだけなのに。

その我慢が、だんだんと利かなくなってくる。

だんだんと、礼香の顔を直視できなくなる。

行きの電車ではできていた、何気なく手を繋ぐという動作も、即勃起に繋がるからできなくなる。

そんな俺に、とどめの気象現象が起こる。

水族館を出た直後、通り雨がざあっと降ってきた。

イルカのショーで差した傘は、水族館の備え付けのものだ。俺たちの手持ちではない。

途端に、俺も礼香もずぶ濡れになった。

「……亮介君、どうしよう。着替えなんて、持っていないし」

「どこかで乾かすしかないよ」

「このまま電車に乗って、家に真っ直ぐ帰るっていうのはどうかしら」

「い、いや！　乾かしたほうがいい。ていうか乾かそう？」

当の礼香は気づいていないけど、通り雨に濡れて、礼香の服が透けていた。

あのまま、ボリューミーな胸とセクシー寄りのブラをひけらかして電車に乗ったりしたら、それこそ痴女になってしまう。

焦って周囲を見渡すと、駅前の雑居ビルにネットカフェがあった。

礼香の手を取って、エレベーターに駆け込み、ネカフェの階に移動する。

手続きを素早く済ませて、ふたりで個室に入った。

「早く脱いで。エアコンの風で、服、乾かそう」

風邪を引かないように、濡れた服を乾かして、身体を拭く。至極真っ当に、礼香を誘導したつもりだった。

でもブラウスを緩めたところで、礼香は……俺に、セックスのときの笑みを向けてきた。

「くすっ。亮介君？　おうちまで、我慢できなくなってしまったの？」

「えっ？　ちょ、違うって。そういう意味じゃないから」

「誤魔化さなくていいのよ。こんな個室に誘うということは、そういうことでしょう？　薄暗い照明に、フラットシート。間仕切りどころか屋根までついて、他の部屋から一切覗くことができない部屋の構造。セックスをしろと言っているような空間だわ」

ひとりで盛り上がっていく礼香。

ブラウスの前を開き、下着に包まれたおっぱいを惜しげもなく俺に見せつけながら、流し目をしてそっとつぶやく。濡れたままなので、布地が肌に貼りついていてとてもエロい。

「亮介君だって……さっきからずーっと、ズボンの中で、おちんちん甘～く勃起させているでしょう？　私は、しっかり認識しているわよ」

バレている。

なんだかんだで、俺も礼香を欲しがっているのが筒抜けになっている。

エアコンが効き過ぎているんだろうか。身体のあらゆる場所が熱く、燃えるようだ。

うろたえる俺に、礼香はそっと近づいて、足元にしゃがんできた。

「甘く、ではなくて……百パーセント、勃起させてあげますね」

「う、うわ、礼香……っ、く、くぅぅ！」

ズボンの前を開けられて、ペニスを取り出される。

即座に皮を剥かれ、飛び出した亀頭に舌を這わされる。

「ん、ちゅる……れぅ、ぴちゅ、ぴちゅっくちゅっ……」

礼香はマスクをずり下ろして、俺のモノに丁寧な奉仕をしてきた。

俺の身体は、本当に正直者だ。フェラチオが気持ちいいと判断するや否や、抵抗するのを諦めてしまった。

「ちゅく、ぷちゅ、ぴちゅっぴちゅっ……れぅ、れぅ、れりゅ、れりゅぅ……」

唐突に始まってしまったセックスだけど、こうなってしまっては止められない。

むしろ、止める理由がない。確かに色々と過程をすっ飛ばして行為に突入しているし、俺も礼香と、より強固な心の繋がりを求めているけれど、そこはそれ。

礼香と俺は、セックスをするのが当然の仲なんだから。

だから……興奮したら、交わるのが当たり前、だ。

「……っ……礼香、俺も触っていい？」

「……♥　ええ、もちろん」

少し前屈みになって、ブラの上から重量感たっぷりのおっぱいに手を這わせる。

胸の輪郭をなぞったり、鎖骨のラインを指でなぞったりと、礼香の肌を指先で感じ取っていく。

「ん……んぅ……ちゅ、ぴちゅ……ちゅく、ちゅく、ちゅるっぷちゅるぅ……」

礼香を、抱く。礼香とセックスをする。

むしろ、礼香が発情しているから、それを鎮めるのは俺の役目。

だから、こんな個室に誘ったのは俺だから、俺が礼香を発情させた、までである。

「……礼香、責任はきちんと取らないと。

「……礼香、フェラはもういいよ」

「ちゅ、ちゅく……んぅ……？　ぁふ……亮介君、気持ちよくなかった？」

「違うよ。礼香に入れたくなったんだ」

「……あ……♥　え、ええ、いいわ。私も、硬くなったおちんちん、欲しい……♥」

モニターの台に手をつくように、彼女に指示を出す。

パンツを脱ぎ捨て、お尻をこちらに向けた礼香に、スカートを捲って後ろから突き入れる。

「んぅ！　くぅ、うぅうう～～っ！」

歓喜に打ち震える礼香。おまんこを押し広げていく手応えに背筋を震わせる俺。

いつも通りの、気持ちがいい挿入感だった。

ただ、あくまでここはネットカフェの個室だ。ロケーションという意味では、もちろんセックスの幸福感よりは、背徳感のほうが色が濃い。

「はぁ、はぁ……今日も……奥まで、ずしんってきました……亮介君のおちんちん、とても気持ちがいいですっ……」

せっかく始めたセックスだから、快感を深く求めたい、と思う。

さっきの逆襲というわけではないけれど……今日はその、快感に繋がる背徳感というパラメーターを、突き詰めていい場面だと思う。

「礼香」

敢えてピストンをしないで、指示を出す。

「動いてみてよ」

打って変わって、自分でもびっくりするくらい、冷静な声が喉から出る。

こちらに振り返り、驚いた目で俺の表情を窺う礼香。

実のところ、俺のちんこは舌でもてあそばれたときから、既に礼香の虜になっている。

おまんこに挿入した今なら尚更だし、きっとそれが、頬が赤く染まったり瞳を潤ませていたりと、具体的に顔にも出ていることだろう。

でも、敢えて命令のような形で、礼香に短く言葉を発する。

すると、彼女も俺の意図を汲んでくる。

『そういうプレイ』だと、自分の中でスイッチを入れる。

「っ……え、ええ、わかりました……ん、んんぅっ……！」

形のいいお尻が、俺の眼前で揺らめく。

テーブルについた手を軸にして、礼香が前後に腰をスライドさせていく。

「んぁっ……は、はぁっ……あ、ふ、くぅ、んんっ、んんんっ……！」

すぐに、ぬちゅ、ぐちゅっという音が、繋ぎ目から立ち始める。

ペニスにまとわりつくように、愛液がにじみ出す。

たん、たんっと小気味よい音を立てながら、お尻が俺の腰へとぶつかってくる。

「はっ、はぁっ、んぁっあぁあっ、ふ、ふぁっ、ふぁぅっ……♥　亮介君、こう……？　こうで、いいの、かしら……？」

「いつもみたいに、もっとえっちに腰をしならせてみたら？　礼香のエロさはそんなものじゃないでしょ。好きなように、ちんこを感じ取っていいんだよ」

「っ……そんなふうに言われると、恥ずかしくなってしまいます……」

「俺に触られてもいないのにおまんこを濡らして、自分でセックスの準備を整えてた礼香が、今更恥ずかしがってもね？」

「あ、あぅ、亮介君の意地悪っ……ふ、ふぅ、んんっ♥　んくぅぅぅんっ♥」

もともとが男性上位の後背位で、敢えて女性に動いてもらうというシチュエーション。言葉で背徳感を煽ることで、更に礼香の性欲をあぶっていく羞恥プレイ。

礼香も礼香で、すぐプレイに順応して、恥ずかしがる素振りを大きく見せてくる。

「……これ、すごくエロい光景だよ。礼香がピストンするたびに、おまんこのひだひだがめくれたり隠れたりを繰り返してる。ピンク色のひだが愛液でぬるぬるになって、きらきら輝いてるし」

「はぁ、はぁ……そ、それは、亮介君のおちんちんが、私を犯してくれているから……」

「濡れてるのは礼香だよね？　俺のせいじゃないよね？」

「あ、あぅ！　ごめんなさいっ……そうです、私が淫乱なのが悪いんですっ♥」

「わかっていればいいんだよ。ね？　淫乱な、生徒会長さん？」

「あぅぅ……うぁ、あぁあっ……だめ、言わないでくださいっ……♥　そんなふうに言葉でいじめられると、私、私っ……」

「もっと淫乱なおまんこになる、んだよね？」

「や、やっ！　待って、今おちんちんされたら……っ、ひ、ひぃ！　くひぃぃぃっ！」

卑猥に俺を締めつけてくる膣口を眺め、亀頭を柔らかく擦ってくるひだの感触を存分に感じ取っていると、当然俺も我慢ができなくなる。

礼香の動きに合わせて、時折腰を前に突き出す。

深く侵入し、膣奥に鈴口が当たると、目の前の艶やかな背筋がビンッとのけ反る。

「っは……はぁ、うぁ、あぁ……亮介君っ……」

「あんまり大きな声を出したらだめだよ。壁、そんなに厚くないんだから」

「わ、わかっているわ、けど……あ、く、くひぁあぅっ！」

もう一度、深く深く突き入れる。

突き入れただけでなく、ぐりぐりと腰を回して、礼香の一番奥を刺激していく。

「は、はひ、ひぁ、あひぃっ……やっあっあぁっ、だ、だめですっ、そこは……」

「そこって、どこ？」

「お、おまんこの、一番奥っ……ごりごりされると、力、抜けてしまいます……」

「奥じゃなくって。具体的に」

「えっ？」

「もっとエロ漫画とかで見る、卑猥な言い方で」

「えっ、あっ……お、おまんこの、奥……あ、あぅっ、子宮の、入り口……♥　赤ちゃんの、お部屋っ……♥」

どんどん卑猥になっていく礼香。

声量は小さく、囁くような声だけど、その中には卑猥な言葉がいくつもちりばめられている。

「そんなところに、おちんちん、擦りつけられたら……私、私っ、お腹の奥がうずいて、きて……もっと、おちんちんで、ずんずんってしたく、なってしまいます……♥　犯してほしくなるの。亮介君のおちんちんで、おかしくしてほしくなるのぉ……♥」

「…………」

「……うぅ……だめ、ですか……？　私の、い、言い方、不合格、ですか……？」

「いや、合格だよ。さっきのをしてあげるから、礼香も腰、動かして」

「は、はいっ……！　ん、くぅ！　ふ、ふぁぅっ、あ、あ、あ、っ、ごりごりって、きた……私の子宮と、亮介君のおちんちん、キス、してますっ……♥　ふ、ふぅ、んぅぅっ、く、ん、んぅ、ひぅ！　ふ、ふぁぅ！　んっんっんっ、んんん〜〜〜〜〜っ！」

声を押し殺して、快感を貪る。

小さな動きで最大限の快感を得ようと、お互いに腰の動きに集中していく。

結果、いつもより更に卑猥なピストンが出来上がる。

礼香がお尻をくねらせ、腰を弾ませ、ペニスを深く呼び込むと同時に膣口をじんわりと締めつけ、くぐもった声を漏らしながら悶絶する。

俺も息を弾ませながら、礼香の奥を小刻みに突きつつ、指で腰やお尻を揉んだり、より前傾姿勢になって背筋や首筋に舌を這わせたりして、性感帯を刺激していく。

「ふっふぅっんっんっんんんっ！　くぅ、くひぁぅっ、はぁ、はぁっ、はー、はーっ……んんっ！　ふ、くぅうんっ！　んっんっんっ、んんっ、ひぅぅぅうんっ♥」

「はっ、はぁっ……礼香、顔こっち」

「ふぁ、あっ……？　は、はいっ……♥　んく、くぷ……ちゅ、ちゅぷ、ぷちゅっ……」

キスをして、唇を塞ぐ。

彼女の口を封じたところで、思いっきり腰を回転させる。

「ッ！　ふぐっ、んむぐぅう！　ひ、ひぅ♥　んぅぅぅっ♥　んーっ♥　んんーーーっ♥

んぐぅぅぅうぅう〜〜〜〜〜〜っ！」

喘ぎ声の変化が乏しくても、彼女自身の言葉による宣言がなくても、おまんこの動きから絶頂が近づいているのがわかる。

スパートをかけて、一撃一撃を確実に奥へ届かせ、一気に快感を押し上げる。

「んふっんぐっくぅぅぅうんっ！　ふー、ふー、んー、んーっ♥　ちゅ、ちゅぷ、んれぅれりゅっれりゅぅっ、くちゅるっちゅぷぷっちゅぷぷぷっ♥」

そのまま、てっぺんへ。

ざわざわと蠢いてくるひだが、おまんこの絶頂を俺に知らせてくる。

膣口の締めつけに身を任せて、俺も欲望の塊を礼香に注ぎ込む。

「んひぐぅうッ♥　んんんっ、んぐぅぅぅうぅう〜〜〜〜〜〜〜〜〜〜ッ！」

言葉らしい言葉を発しないまま、俺たちは果てた。

愛液と精液が、礼香の膣内で混ざり合う。

絶対的な快楽が全身を駆け巡り、四肢を痺れさせていく。

周りに気取られないよう、ひっそりと静かに進行したセックスは、それでもいつもと変わらない快楽を俺たちにもたらしてくれた。

……いや、いつもと同じとはいえないかもしれない。

「っ、は……！　ふぁ、はぁ、はぁ……くすっ、すごく、気持ちよくなってしまいました……それに、途中から亮介君に、翻弄されてしまいましたね……♥　こういうのも、ありなんだなって。素敵な快感でした。ふふふっ♥」

「そういうシチュエーションになったら、また、少し意地悪してもいい？」

「はい♥　もっとも、『そういうシチュエーション』になったら、今度は私が意地悪をしてしまうかもしれませんけどね♪」

「…………え～……？　俺、結構今までも、礼香に恥ずかしいことされまくってきたと思うんだけど……」

「細かいことは、気にしないでいいと思いますよ？　気持ちよければそれでいいんです」

今日加わった要素は、羞恥プレイと、声を押し殺しての絶頂。

ふたりはセックスをするたび、新しい要素を取り入れようとする。だから、どんなセックスでも最後は必ず満足して終わる。

俺がそうしているのか、礼香がそうしているのか、あるいはその両方かはわからない。ただ、いつもマンネリからはほど遠い内容になるのは確実だ。

だから、またしたくなる。

だから、お互いを求めて止まなくなる。

「パンツまで、汚れてしまいました……服と一緒に吊しておけば、乾くでしょうか。私、トイレで洗ってきますね」

「えっ？　でも、穿いてないってことは、礼香、ノーパン……」

「それは言わないお約束です。大丈夫です、ちょこっとトイレ行って、帰ってくるだけですから」

礼香の大胆な行動に目を丸くしつつ、俺もできうる限りの後片付けをしていく。

こうして、俺たちの初デートは、心身共に満たされる一日となった。

なんだかんだで、恋人役も板がついてきた。

週末のデートも恒常的になって、土日のどちらかは礼香と一緒にいるようになった。

少しでも気を抜くとセックスしたくなるけれど、極力我慢しつつ、お互いの距離感を縮めていく。

「来週は水族館に行きませんか？」

「えっ、前に行ったよね」

「違う水族館ですよ。力を入れている展示の違いとか、同じイルカのショーでも見せ方が変わっていたりするので、そういうところが楽しいんです。あ、あと、餌やりの体験とかもできるんですよ。あのときは亮介君にアシカを譲ったので、今度は私が体験コーナーを満喫する番だと思うんですよ」

「…………礼香って、水族館、好きなんだ？」

「はい♪　あと、動物園も好きです。総じて可愛いものには目がありません」

そんなやり取りを、普通に放課後の校内でしたりする。

俺たちが付き合っていることは、クラスメイトはおろか、もう先生たちにも伝わっていると考えていいだろう。

「結局のところ、今週末は動物園と水族館、どっちに行きたい？　やっぱり水族館？」

「そうですね、どちらでも構いません。亮介君と一緒にいると面白いので」

「俺も、礼香と一緒にいると刺激が大きいから好きだよ」

「……♥　そうですね、私も好きです」

「えっ」

「えっ？」

最近、俺たちの会話が、途切れることがある。

恐らく今のは、刺激が大きいのが好き、という一節をエロ方面に捉えて、水族館なり動物園なりの後は性欲解消をよろしくお願いしますね、という意味を込めた発言だろう。

でも、礼香の口から好きと言われると、正直ドキッとする。

好き、という表現が本物であってほしい、掛け値なしの言葉であってほしい……そんな無茶な願いが自分の中で日に日に大きくなっている。

ここまで来ると、俺たちの関係から『かりそめ』という単語を取り払い、消し去りたくなる。

今現在だって、彼女がリップをつけていたことに対する口止め料、という形の関係ですら、もう既に形骸化している。

きっと俺は礼香のことを本当に好きになっているし、だから俺が礼香にマイナスになるような証言をするなんて絶対にあり得ない。

礼香が俺の口封じをすること自体、不必要になっている行為だ。

だからこそ、一歩踏み出したい。正式にお付き合いをしたい。

……そんな想いが、自分の中で強くなりすぎているんだろう。好き、という単語に過敏になってしまい、結果、会話に不自然な間ができてしまう。

「じゃ、じゃあ？　今度の土曜日も、駅前集合で？」

「……そうですね。いつもと同じ時間で」

「何かあったら、携帯にメッセージ入れるから」

「はい。楽しみにしてますね、亮介君♪」

そういうときは決まって、会話の流れを強引に断ち切る。

礼香は生徒会室へ。

俺は、暇潰しのために図書室へ。

夕方の六時前に校門で落ち合い、一緒に帰るまでが、俺たちの日常だ。

ふたりきりになれる場所がなかったり、礼香が月のものの日だったりして、セックスができない日もある。

そんな日でも、礼香は一緒に帰ろうと誘ってきてくれる。

帰り道に手を繋ぐという、ちょっとした触れ合い。

別れ際にする、マスク越しのキス。

ささやかだけれど、彼女と彼氏らしい行為を、礼香がおねだりしてきてくれる。

そう。

礼香は、可愛いんだ。

綺麗で、スタイルもいい。流れるようなストレートの髪がたまらない。

でもその前に、女の子として可愛い。

セックスという本番行為を抜きにして考えても、魅力に溢れている。

そんな部分を、間近で感じ取っている俺がいる。

礼香のことが好きだという感情は、日増しに大きくなるばかり。

なら、いつかは思い切って告白すべきだ。

ただ、もし拒絶されたらと考えると、やはり怖い。

今の関係だって、悪くはない。現状を壊したくない。変化を怖がる陰キャ体質が、二の足を踏ませてしまう。

結局、その『いつかは告白』を先送りして、時間が過ぎていく。

週末の目標も、せめて約束したデートは完遂しよう、くらいの低いレベルで留まってしまう。

——きっかけが、欲しい。

告白するきっかけを。礼香との関係をいい方向に前進させるきっかけを。

こんなふうに、前へ踏み出そうと思ったことは、今までなかった。

それだけ俺は、礼香に本気になっていた。

で。

礼香が好きな俺は、結局礼香に欲情してしまうわけで。

「あは♥　亮介君、もうこんなになってたんですね。いつも以上に勃起してますけど……デートの最中、ずーっとガチガチにしていたんですか？」

「い、いつものことだろ。改めて言わなくったって」

「改めて言いたくなりますよ？　それくらい、大きくて硬くて、匂いも男の子している、立派なおちんちんなんですから♪」

二度目の水族館デートの後、俺は礼香を自分の部屋に誘った。

うちの両親が日帰り温泉旅行に行っていることを確認した上でのお誘い。少なくとも夕方まではふたりきりになれることが確約されているので、気兼ねなく色々できる。

ネットカフェの個室もアリだったけど、昼間溜め込んだ性欲を発散する場としては、やはりここのほうがいい。

だからという訳ではないけど、俺は礼香に奉仕をしてと頼んだ。自分からセックスに誘って、自分から奉仕をお願いした。

過分に消極的な策ではあるけど、これも『好き』という気持ちを伝えるための第一歩。

セックスというこなれたシチュエーションの中でも、礼香に任せるのではなく、きちんと自分の欲を前面に出そうと、素直な自分の気持ちをストレートに伝えようと決めた。

「くすっ。おっぱいに挟まれただけで、もうこんなにびくびくさせて……血管も浮き出て猛々しいのに、本当に可愛い……」

「……っ……礼香のおっぱい、気持ちいいから。簡単に腰、震えちゃうんだよ」

「そうですか？　パイズリって、挟んでいるだけでは刺激は弱くて、おちんちんをイかせるには足りない……って、よく聞きますけど」

「こうやって見ると、礼香のおっぱい、想像していたよりもずっと大きくて。左右から包まれてるだけで、じわじわ気持ちよくなれるんだ」

「そんなにですか？　なら、挟むだけじゃなくて、もみもみしたりすると……じわじわところじゃ、なくなってしまったりします？」

「えっ、う、うわっ！」

礼香の左右の手が、乳房を操っていく。

左のおっぱいを上に、右のおっぱいを下に。

そうしたら逆に、左のおっぱいを下に、右のおっぱいを上に。

挟まれたペニスを軸にして、揉み込むように形を変える柔らかな肉の塊。谷間から顔を覗かせている亀頭が左右に揺さぶられ、そのたびに乳房がカリ首のへりをやんわりと擦ってきて、竿全体をジーンと痺れさせていく。

「っ、はぁ、っく……礼香、エロすぎだって……」

「亮介君のおちんちんのほうが、淫らですよ？　ほら、すぐに先走りを垂らして、ご奉仕のおねだりをしてきているじゃないですか♥」

「だからそれは、礼香のおっぱいが気持ちよすぎるから……ていうか、そんなにまじまじとちんこを見つめられると、めちゃくちゃ恥ずかしいんだけど」

「……♪　恥ずかしいなら、もっと観察してあげますよ♪」

「いや、だから……っ、く！　う、うぁっ……！」

奉仕をしてくれとお願いしたのは俺だから、簡単に止めてくれとは言えない。

むしろおっぱいは気持ちいいし、ちょこちょこと先端にキスをしてくれる礼香の唇も最大級にエロいので、このまま続けてほしい。

ただ、既に礼香のエロスイッチがガッツリと入ってしまっているから、彼女の責めがより強烈になることが予想される。それが楽しみでもあり、少し怖くもあった。

「くすくすっ。おちんちんを観察、観察♪　ほんっと、可愛い～♪」

「……礼香。なんだかノリが、水族館にいるときに似てる」

「え？」

「ちっちゃい水槽でチンアナゴとか見てたときも、可愛い～って連呼してさ」

「…………………♥　くすっ」

しまった、と思った。

今の一言によって、彼女の中のまた別のスイッチが二つ、三つとオンになるのがわかった。

「……♥　ではでは、可愛い可愛いおちんちんの、パイズリお射精ショーのお時間です。観覧希望のお客様は、一階の広場を抜けて左手のステージにお集まり下さい～♪」

「ちょ！　礼香、なにそれ、そのイルカショーのマイクパフォーマンスみたいなヤツ」

「ふふ♥　せっかくおちんちんをこ～んな近くで観察しているんだから、面白くて楽しいことないかな、って思ったんです。そうしたらほら、おちんちんを一つの生き物みたいに見るとすごいな～って♪」

「そうしたらほら、じゃなくって……っ、うぅ！　くぅう！」

明確に入ったスイッチは、言葉責めのスイッチだった。

なかなかに恥ずかしいけど、そのぶんの快感と深い絶頂が約束されている、そんな絶妙な加減の責めが展開されていく。

「さてさて。おちんちんにお射精してもらう前に、すこ～しおちんちんのことについてお勉強をしようと思いますね～♥　実物を見ながらお勉強をすると、とってもはかどりますから、しっかり覚えていきましょう♪」

「っ……うぅ……くぅっ……！」

「男の子のおちんちんは、摩擦をすることで快感を得て、その快感が増幅されて一定量を超えたとき、オーガズム状態となって精液を排出します。詳しくは、精巣で作られた精子が精管、そして尿道へと繋がる射精管を通り、オーガズム、つまり絶頂の瞬間に前立腺の平滑筋の働きによって陰茎の先端から勢いよく噴き上がることになるのですが……まぁ、詳しいことは置いておいて、最も重要な、快感の増幅の仕方に注目していきましょう♥」

滑らかな滑舌で、すらすらと卑猥な解説をしていく礼香。

聞いているこっちは、なんだか自分のペニスが丸裸にされていく感覚に陥ってしまいそうになる。

しかも、こんな言葉責めが始まっても、パイズリのエロさは変わらない。礼香の手が器用に乳房をこねくり回して、肉棒を絶えず揉み込んでくる。

「さっきも言ったとおり、男の子のおちんちんは、摩擦をすることで快感を得ます。緩やかな摩擦からときには苛烈な刺激まで、そのやり方は多岐に及びますが、およその共通点として、女の子の身体が大好き、ということが言えます。そうですよね、亮介君？」

「はぁ、はぁ……えっ？　お、俺、観客なの？」

「はい♪　そうですよね、亮介君？　はいかいいえで、答えて下さいね～？」

しかも、その言葉責めまで、レベルが上がる。

「うぅ……は、はい、大好きです……！」

本当のことだから、そう返すしかない。

「答えてくれてありがとうございます♪　そうです、現在進行形でおちんちんをえっちにもみもみされている亮介君が、はい、と答えるんですから、女の子の身体がとっても大好きなんですね～。ペッティングの段階では、指や唇、そして今このように行っているおっぱいが、刺激を与える部位として考えられます。もちろんセックスのときには、おまんこがおちんちんをたくさん擦ってあげることになりますが……」

礼香の吐息が、鈴口にかかる。

唇が先端に触れるか触れないかの距離。細かな刺激が亀頭を撫でていく。

「手コキやパイズリという行為を選択すると、こうして、間近でおちんちんを観察できるようになります。更に上目遣いで男の子の顔も窺えるので、自分の愛撫がどれだけ男の子を気持ちよくしているのか、その表情からも知ることができます。私もよくやっている手段ですので、皆さんの参考になると思いますよ♥　そして……」

唇。触れる。鈴口に、やっと。

「っ、ちゅ……♥　れぅ、ちゅぷ……♥」

「く、くぅ！　あ、あ、あぁぁあっ！」

「……くすっ♪　先程、おちんちんは女の子の身体が大好き、ということを学びましたが……その中でもえっちな部分が大好きだということが、最近の研究でわかってきました。特にこの、ヒト科ヒト属の中の、リョースケクンという種の生物は……」

また、上目遣いに、表情を覗かれる。

君のことなんて全部お見通しなんですよ、という微笑みで、覗かれる。

「リョースケクンという種の、生物は……レーカという種の、唇で、おちんちんをちゅっちゅってされるのが……大好き、なんですよね……？」

「……ぅ……れ、礼香……？」

これはもう、ある種の誘導尋問だ。

礼香の唇という最高の器官が、鈴口のわずか数ミリ先にある。

この状態で、堪えられるわけがない。

「……亮介、君？　はいかいいえで、答えてくださいね？」

「っ、は、はい……！　お、俺は、礼香の唇にされるのが、大好きで、だから……」

「ふふ♥　だから？」

「だから……ち、ちんこにキスとか、吸いつくのとか、してほしくて……」

「してほしくて？」

「っ、し、してください！　エロい礼香の唇、早く感じたいですっ！」

どんなに恥ずかしくても、どんなに恥辱的でも、首を横に振るという選択肢はない。

それどころか、敬語で、しかも最大級のボリュームで、おねだりをしてしまう。

「……ふふ♪　では、亮介君。ちゃーんと観察してくださいね。おっぱいと唇で、おちんちんがどんどんとろとろになって、ダメになっていくところ……♥　気持ちよかったら、きちんと気持ちいいと言ってください。そうしたら……もっと、もーっと、気持ちいいこと、してあげますからね……♥」

声で、脳を、優しく溶かされる。

礼香の言うとおり、もうおっぱいと唇のことしか考えられなくなる。

「ん……ちゅ……♥　では、いただきます……♥　んく、くちゅる……れぅ、ちゅ、ちゅぷ、ちゅくっちゅぷぷっ、くりゅ、くちゅる、ぬちゅるぅっ……♥」

本格的な愛撫が、ペニスを襲う。

満を持してという感じで、舌先が亀頭にねっとりとまとわりついてくる。唾液を含んだ唇が鈴口を濡らし、そのままペニス全体をてらてらと光らせていく。

「ちゅぷ、ちゅくっ、れぅ、れりゅっれりゅっくりゅっくりゅりゅぅっ……♥ 亮介君、どうですか？ 気持ちいいですか？」

「はぁ、はぁ……は、はい、すごく……っ、ひぁ！ と、特にそれ、先っぽ舐め回されるのが、ビリビリきて……う、うぁぁぁっ！」

「ふふ♥ 一度に詳細まで回答してくれて、ありがとうございます♪ ご褒美として……先っぽぺろぺろ、い〜っぱい、してあげますからね……♥ んく、れりゅ、れろ、れろ、ぺろぺろぺろ、れるれる、れろ、るろろろぉっ……♥」

小さな舌先が、更に艶めかしく動く。

おっぱいも絶えず竿を刺激している。それどころか、唾液のローションが加わったことによって、柔肌がペニスに擦れるたびに、にちにちといやらしい音が立ってくる。

「んく、くちゅる、ちゅぷっちゅぷぷっ♥ んく、くりゅ、れりゅ、くりゅぅ♥」

そして、俺の要望どおりにカリ首のへりを丁寧に舐め上げる、この舌の動き。触れるか触れないかの絶妙なタッチで亀頭をくすぐっていく艶やかな唇。一切加減のない愛撫が、無

尽蔵に快感を生んでくる。

眼下の礼香に、堪えきれない、と視線で訴える。

と、一直線に絶頂まで押し上げてあげる、と、礼香の瞳が返事をする。

「んく、んちゅる、ちゅぷっちゅぷぷっ♥ くりゅ、くりゅ、れぅれぅ、れりゅれりゅ、ん、ん、んっ♥ ん♥ おいひ……んく、んちゅる、んりゅっぬりゅりゅぅっ♥」

「は、はっ、はぁっ……れ、礼香っ……！」

「んふ、んちゅる……ちゅぷ……ふふ、亮介君のおちんちん、ぶるぶる震えてますよ……先程の説明どおり、前立腺のあたりがぶるぶるしてきたんですね？」

「そう……だ、だめ、出る、出そう……あ、く、ひ、ひぁ、あっ……！」

「ふふっ♥ では、脈動《みゃくどう》の瞬間を一緒に見ましょう。亮介君……私の顔に、おっぱいに、たくさん出してくださいね……ん、ちゅぷ、れぅ、れりゅ、ちゅぷっちゅぷぷっ♥」

止められない快感が、加速する。

勝手に腰が浮く。ぬるぬるになった鈴口から、欲望の塊が漏れ始める。

「ちゅるっちゅぷぷっ、くりゅ、ぬちゅるぅっ♥ んー、んーっ、ふー、ふーっ♥ ん、んく、くちゅる、じゅるっじゅぷぷっ♥ ぬちゅる、くちゅっじゅるるるぅっ♥」

「うぁ！ で、出るよっ、礼香っ！」

「んぅ！ っ、ぷぁ！ き、きゃんっ！」

白濁液が、真上に噴き上がる。

しかも一度や二度でなく、三度、四度、五度と、勢いを失わずに、何度も何度も。

礼香が求めたとおりに、その透き通るような肌を、どろりとした黄ばみがかった液体が徹底的に汚していく。

「わ……こ、こんな、噴火する、みたいに……♥ まだ、出てる……どく、どくって……これ、勢い、すごくないですか……？」

「っ……礼香が、めちゃくちゃ唇で、気持ちよくしてくれたから」

「……♪ そう言ってくれると、嬉しいです。ふふっ、男の子のおちんちんは、自分の好きなやり方で愛撫をされると、射精の勢いが加速度的に大きくなるんですね。そんなところも、今日、観察することができました。実に有意義なお射精ショーになりましたね♪ ありがとうございます、亮介君♪」

子種にまみれた頬を緩めて、礼香が淫らに微笑む。

そのまま彼女は、口元に流れ落ちた精液を舌でひとすくいして、口の中に収めていく。

「では、亮介君。ここからは、観察する側と愛撫をする側をシャッフルしてもらって……今度は亮介君の舌と唇を、私が感じてもいいでしょうか？」

礼香が、そっとパンツを脱ぎ捨てる。

M字に足を開いて、俺を誘う。

「舐めてください、亮介君。私も、亮介君の唇で……絶頂、させてください♪」

デートの後の性欲解消タイムは、もちろん続く。

俺が一度達したきりだし、次は礼香の番だ。

そっと、礼香の大事な場所に顔を寄せる。

既にそこは、女の子の香りでいっぱいになっていた。

「……すん、すん……礼香の香りって感じがする」

「あ、あの。私、舐めてくださいってお願いしたんですけど……匂いを嗅いで、とは一度も言ってないです……から……」

「……礼香のここ、顔寄せたことなかったなーって」

「えっ？　そうでしたっけ」

「いつも唇にキスしてばっかりだったし。礼香にはいつもフェラしてもらってるのに、ちょっと不公平だったかな」

「………………」

「どうしたの、礼香」

「えっと……亮介君、なんだかとっても楽しそう、って感じたのは気のせいかしら」

「うん、かなりドキドキしてる」

「さっき私、舐めて下さいってお願いしたんですけど……少々、失敗したかもしれないって思い始めているのも、気のせいかしら」

「どうして失敗って思ったの？」

「だって亮介君、ドキドキを通り越して、目が血走っているわよ。まるで私の唇に、はじめてキスをしたときみたいな興奮の仕方をして……っ、ひゃぅ！」

スリットに沿って、軽く一舐め。

舌の上に乗る透明な蜜は、少ししょっぱい味がした。

「……ん。礼香の味、美味しい」

「っ、あ、ふぁ……りょ、亮介君？　これってもう、攻守交代しているのかしら」

「さあ？　それは、これからクンニされる礼香が、どれだけ余裕を保っていられるかによるんじゃないかな」

礼香の脳内では、男を妖艶に誘って、クンニという奉仕をさせる女……という構図が描かれていたんだろう。必死におまんこを舐めている俺を上から見下ろして、軽く言葉責めを添えて精神的に責め続ける、という予定だったんだろう。

ただ、俺の執着がその上をいく。

なぜなら、礼香が俺に差し出したのは、性器そのものだったからだ。

性感帯だからとか、最も女性の部分だからとか、そういう意味ではなく。

この、入り口の部分を漢字で書くと、陰唇。

陰に隠れた、唇。

礼香の、もう一つの、唇だ。

「もっと、見せて」

「えっ、あ……ん、んんっ……」

小さなスリットを、指で押し開く。

くち、と音を立てて、礼香の膣内が少しだけ顔を覗かせる。

「……なるほど、土手のところが大陰唇で、その内側が小陰唇……改めてみると、ほんとにちっちゃい……よくこんなところに、ちんこが入るよな……」

「……っ……亮介君、もしかして」

「あ、俺がなんでこんなに興奮しているか、わかったんだ？　じゃあ、その礼香のえっちな唇……今から、隅々まで舐めさせてもらうから」

「ふ、ふぁ！　やっ、あ、あぅ、亮介君……ひ、んっ！　くぅ、くぅぅぅうんっ！」

内側の唇に沿って、舌を這わせていく。

ひだの連なりを舐め上げて、スリットの上で主張しているクリトリスをくすぐる。

「んぅ、んく……ふ、ふぁ、ひぁっあぁっ……！」

「ん、ぴちゅ、ぷちゅ……ここを押すと、礼香の膣内からどんどん蜜が溢れてくるんだ。待ってて、こっちの唇、濡らしてあげるから」

　感触を確かめながら、ひだの連なりを一枚ずつ丁寧に舐め上げる。

　舌を少しずつ奥へと侵入させていく一方で、クリトリスも指先でくすぐり、刺激を途絶えさせない。

「あ、あぅ、亮介く……きゃんっ、ひ、ひぁ、あ、ぁ、あ、あ、んぁぁぁあっ……！」

　こんこんと湧き出る愛液。

　一舐めごとに腰をひくつかせ、背筋を反らして反応する礼香。

　……こういうのは、エロ漫画みたいでちょっと気が引けるけど。でも、さっき礼香も俺を責めてくれたから、お返しだ。

「礼香のここ、綺麗だよ。上の唇に負けないいくらい魅力的だ」

「ふぁ、あぁ……うぅ、そんなこと、言わなくていいわ」

「ううん、言うよ。礼香だって、自分のおまんこがえっちのときにどうなってるかとか、あんまり知らないだろ。だから教えてあげる」

　息を呑む礼香。股間の奥深くに頭を沈める俺。

　舌と指先をフルに使って、膣内からぬるぬるの液体を掻き出していく。

「特に小陰唇が、綺麗なんだよね。礼香のおまんこって色も澄んでいて、あんなに激しいセックスをしてるとは思えないくらい。特に、愛液に濡れ始めるとキラキラしてたまらないんだ。唇にリップを塗るのと同じで、つやつやで輝いてくるから」

「っ……んっ……りょ、亮介君……あなたって、そんなに口が回る人ではなかったような気がするんだけど……」

「なんでだろうね。礼香の唇が目の前にあると、自分の性格が変わるときがあるんだよ。でもそれ、礼香も同じだよね？」

「それは……その、そう、ですけど……ん、ふ、くぅう！」

今度は、指先をスリットの奥へと沈め、コの字を作ってお腹の裏っ側を擦っていく。

「こっちの唇、もっと綺麗にしてあげる」

「やっ……ひ、ひぅ……！　あ、あっ、そこ、だめ……やっあっ、ふ、ふぁあっ！」

礼香の声が、跳ね上がる。いつもより更に上ずった、可愛い声。

ふと顔を上げると、目をつむって顔を真っ赤にしながら、襲いかかる快感に耐えている女の子がいた。

「ん、ちゅ……ちゅぷ……礼香、可愛い」

クリトリスにキスをしながら、褒めてみる。

「エロ可愛いって、今の礼香みたいなのを言うのかな。喘ぎ声がめっちゃ可愛いのに、クリトリスはぷっくり膨らんでいて、愛液のリップが下の唇を湿らせまくって、おまんこがどんどんエロくなっていってるから」

「はぁ、はぁ……そ、そんな……きゃぅ！　ひ、ひぅぅぅんっ！」

「ん……その声、もっと聞かせて……んく、ちゅ、ちゅぷ、ちゅぷっ……」

「ふぁ、ふゃぁあっ！　やっ、だ、だめっ、亮介君、舌も指も上手すぎて……やっ、あっあぁっんぁぁぁあっ……は、はぅ、ふぁぅっ、わ、私、すぐ、イってしまいそう……♥」

それも、わかる。絶頂の挙動が、文字通り手に取るようにわかる。

小陰唇の震え、窄まり、濡れ具合。浮き始める腰。張り詰めていくクリトリス。視覚からも触覚からも、礼香が登り詰めていく感覚が俺に伝わってくる。

「ひ、ひぅ！　ふぁぁぁあぅっ！　亮介君っ、亮介くぅんっ！」

絶頂の寸前、てっぺんまであと三歩というところで、俺は敢えて指を引き抜いた。

「ふぁ……？　えっ……どうして……」

「イキたかった？」

「ええ。もちろん、亮介君にイかせてほしかったの……お願い、こんなところで意地悪しないでください……っ♥」

「別に、意地の悪いことをしているつもりはないよ。ただ、舌でイキたかったのかなって思っただけ」

「……あっ……♥」

膝に引っかかっていたズボンを、全部脱ぎ捨ててみる。

色々と察した礼香が、復活しきっていたペニス指先でくすぐりつつ、俺の上に跨がってきた。

「……入れて、いいんですね？」

「もちろん。何度でもイっていいからね」

蕩けきった下の唇が、亀頭を飲み込んでいく。

「んくぅう！　あ、あっ、亮介君っ……！　ひぁ♥　ふぁぁぁぁあぁあああああっ♥」

一気に根元まで、肉棒が埋没する。

同時に震え上がる、礼香の身体。さっきまで舌でなぞり上げていた陰唇が、ぎゅっとペニスを締めつけてくる。

「ひぁ、あぁっ……私……本当に、おちんちんをもらっただけで、イって……っ♥」

「礼香、見せて。礼香のえっちな、下のお口」

「あ、あぅ……はぁ、はぁ……こ、こう、かしら……？」

軽く背を反らして、俺の太ももに手をつき、礼香が足を広げてくれる。

しっかりと俺のモノを咥え込んだ割れ目が、礼香の呼吸に合わせて窄まったり広がったりを繰り返している。

セックスのとき、こんなにまじまじとおまんこを見つめたことはなかったから、強烈に新鮮でエロい。

思わず射精してしまいそうになったのをなんとか堪えつつ、腰を揺らしていく。

「ひぅ！　は、はぁっ、んぁあああっ……！　亮介、くぅんっ……♥」

「礼香も、動き合わせて。愛液まみれのおまんこ、俺に感じさせてほしいな」

「は、はい♥　一緒に気持ちよくなりましょう♥　私ももっと、もっと欲しいです、亮介君と一緒にイキたいですっ！　んっ、んんっ、んぁ、ふぁ、あ、あ、あぁあああっ♥」

お互いに繋がっている場所を観察しながら、セックスしていく。

ピストンはもちろん、グラインドや前後運動も交えて、改めて色々な腰の使い方を試しつつ快感を追い求めていく。

性器同士が擦れ合うのは最低限。だけど気持ちよさは無尽蔵に得られる、そんな色濃い交わりが、俺のベッドの上で繰り広げられていた。

「はっ、はぁっ、んぁっあぁあっ！　亮介君、私、また、きちゃいそう……♥」

「イっていいよ。絶頂おまんこの締めつけで、俺も出したい」

「え、ええ。ぎゅ、ぎゅってするから、亮介君もたくさん出してっ……！　ふ、くぅう、んっんっんっ、んふ、ふぁ、あはぁあっ！　あっあっあっ、あぁあああっ！　んぁっあっぁあああああああああ～～～～～～～～ッ♥♥♥」

絶頂する。全身の毛穴から、ぶわっと汗が噴き上がる。

繋がった場所が、嬉しそうにお互いを揉みくちゃにしていく。

尽きることのない欲望が、オーガズムをより深いものにする。ベッドの上の俺と礼香はひたすらその感覚に酔いしれていた。

＊＊

今日も、亮介君とデートをしました。

水族館を回った後、彼の部屋でとても密度の詰まったセックスをしました。

不思議なもので、彼のおちんちんに唇を寄せると、それだけでも何も考えられなくなります。淫らな自分が、より淫乱になっていくのがわかります。

きっと、亮介君が私の唇を求めてくれるから、だと思います。

夢中になるんです。夢中に、なってしまうんです。

そんな、最高に気持ちがいい時間の後。

今日は、亮介君が私を家まで送ってくれました。

あんなに激しい運動をさせておきながら、まだ彼に気を遣わせてしまうのかと、少々気が引けましたが……もう少し彼と一緒にいたいという気持ちが上回って、彼の申し出を受けました。

道を歩いているとき、ずっと彼が私の手を取っていてくれました。

指先同士がじゃれるのが、わかりました。指と指で愛撫をしているのがわかりました。

そんな僅かな触れ合いが……セックスとは違う心地よさを、運んできてくれました。

そして。

私の家の近くまで来たとき、彼は、この頃いつも最後の挨拶代わりにする、マスク越しのキスをしてくれました。

ぎゅっと、抱きしめてくれました。

今日はありがとう、と、耳元で囁いてくれました。

そのとき、胸が高鳴ったのを、覚えています。

いつになく真剣な眼差しで、あまりにも熱い抱擁だったので、一瞬、その先にあるものを想像してしまいました。

告白、されるのではないかと。

好きだよと、面と向かって言われるのではないかと。

そんな光景が、頭をよぎったんです。

私は……もちろん、そう言われたら、私も好きですと返します。

彼の告白を断る理由なんて、あるはずがありません。

ただ、実のところ……抱擁の後の亮介君は、それじゃあまた月曜日にと手を振って、帰っていってしまいました。

告白されるような雰囲気を感じ取ったのは、私の勘違いだったんでしょうか。あるいは私が自意識過剰なだけだったんでしょうか。

確認しようにも、亮介君はもう、私の目の届くところにはいませんでした。

携帯にメッセージを、と一瞬考えましたが、このような大事なことは直接会ってお話をするのが筋なので、思い留まりました。

――本当は、私のほうから告白するのが、筋なのかもしれません。

亮介君を振り回しているのは、私のほうなんですから。

ただ、自分の淫乱ぶりは自覚しているので、いくら亮介君が優しく接してくれているとはいえ、告白が実らないというケースも考えられます。

そう考えると怖くなって、言葉が詰まってしまいます。二の足を踏んでしまうんです。

かりそめとはいえ、今の関係だって悪くはありません。それを、安易な告白によって壊してしまうのを、私は一番恐れています。

本当は、そんなことではいけなくて。

好きなら好きと、はっきり言えばいいのに。

だって、亮介君のことが好きなんですから。それが私の事実なんですから。

告白だって、普通に私からすればいいんです。するべきなんです。

……まさか、自分がこんなに臆病な人間だとは、思ってもみませんでした。

誰かに相談できればいいんですが、そうなると彼との馴れ初めを話さなければならず、必ず校則違反のリップのことに触れなければいけなくなるので、絶対に無理です。

どうすれば、いいんでしょう。

どうすれば、自分の背中を一押しできるんでしょう。

考えを巡らせます。非科学的なものでもいい、すがれるものがないか、と。

そのとき閃いたのは、リップでした。

そうです。渦中のリップです。私と亮介君の馴れ初めである、リップです。

元々、秘かに自分の淫らな気を抑えるためにつけていた、私にとってはおまじないのようなものです。しかも実際に亮介君というパートナーと出会えた、実のあるおまじないの道具です。

今回も、そのリップに頼ってみたくなりました。

今よりも大人びたものをつけて彼に接すれば……私たちの仲も、大人のそれに一歩進むことができるんではないでしょうか。

正直、おまじないレベルの話です。根拠なんてどこにもありません。

でも。

それで上手くいくような気が、したんです。

すぐに告白、とまでいかなくても……彼が、新しいリップを引いた私の唇を気に入ってくれたら、話が弾んで、いい雰囲気になるかもしれませんし。

悪いことでは、ありません。むしろ今の自分でできることだから、すぐにでもチャレンジすべきだと思います。

丁度いいことに、明日は日曜日です。

週明けの月曜日に、勝負をかけられるよう……明日、デパートに買いに行きましょう。

そう決めると、少し気が楽になりました。

次いで、どんなリップにするか、考えを巡らせます。

亮介君は、どんな色が好きなんだろう……。

きらびやかなタイプ？　それとも、しっとりタイプ……？

店員さんに、男性に告白するときにふさわしい色を聞くのもいいかもしれない……。

そう考えていくうちに、どんどん気が楽になっていきました。

もっと、亮介君に気に入られたい。

もっと、亮介君に好きになってもらいたい。

私の気持ちは……膨れ上がるばかりでした。

第四章 見せ合うことで繋がって

礼香との充実した、でも少しだけわだかまりのある関係は、日常的に続いていた。

休日のデートも習慣化して、毎週末どこかに出かけては、帰り際にどちらかの部屋で思いっきり性欲をぶつけ合う、そんな生活を送っている。

変化が顕著だったのは学校内で、礼香は何の迷いもなく、俺に彼女として接してきた。

そして、校舎の陰だったり、空き教室だったりと、一瞬でもふたりきりになれる場所で、礼香はマスクをずらしてリップを引いた唇を見せてくれたり、俺の指をマスクの下に導いて、見えないところで唇を触らせてくれたりした。

そんな、ある日。

ふと、礼香に違和感を覚えた。

それを察知したのは、俺の嗅覚だ。

「……すん、すん……んん？　礼香？」

「どうしたんですか、亮介君」

「礼香の香りが、いつもと違う気がする。なんでだろう。さっきの時間、体育だったからかな。でも、汗臭いとか、そういう匂いじゃないし」

俺が首をひねっていると、なぜか礼香は嬉しそうに微笑んだ。

「くすっ。やっぱり、亮介君はわかってしまうんですね」

「え？　なにが？」

「ちょっと、こっちに来てください」

屋上に通じる階段の踊り場に、礼香が誘う。

そこも、礼香が唇を見せてくれるポイントだったりする。

いつものように、彼女がマスクをたくし上げる。

「え……？　あれ、礼香、その色……」

いつもと、輝きが違っていた。

唇の瑞々しさは同じ。だけど、色合いが違う。濃いめで、桃色寄りではなく、深紅とか紅花色と表現するに相応しい落ち着いた色。

それに、さっき感じた香りが、礼香がマスクをめくった瞬間にぶわっと広がった。

「……どう、かしら。新しい、リップ……」

「…………」

「少し、背伸びをして……大人びたリップを、買ってみたの。今日がおろしたてで、もちろん亮介君以外にはまだ見せていない色よ。最初に見せたくて……その、感想、聞いていいかしら？」

「…………………」

衝撃的すぎて、固まっていた。
普段の礼香も、リップを引いただけで印象が変わる。だから、リップを変えれば雰囲気
ががらりと変わるのも当然だ。それはわかる。

「亮介君……？　もしかして、このリップ、私に似合わなかった……？」
「…………………」
「……え、えっと……亮介、君……？」

でも、こんなに変わるなんて。
礼香が普段している桃色がかったリップは、彼女を少し派手に見せていた。マスクの下で、私はえっちですよと明確に主張していた。
対して今の色は、落ち着いた大人の色。直接的な主張の色は薄い。
けれど、心の内で情欲が燃えさかっているのをしっかりと表現している。

「……礼香、来て」
「えっ、りょ、亮介君？」

だめだ。あんな唇を見てしまったら、もう正気ではいられない。

はじめて礼香の唇を生で直視してしまったときの興奮。いや、それ以上の血のたぎり。

礼香が俺のためにリップを選んでくれた。俺に見せる唇をもっと魅力的にするために、特別なリップを使ってくれた。それは即ち、セックスのときに見栄えのいい、セクシーかつ上品な、しかも上下お揃いでおろしたての下着を俺に見せてくれるのと同義だ。

今度は俺が礼香の手を引いて、人気の少なくなった廊下をずんずんと歩いていく。

軽く周囲を見渡して、誰も見ていないのを確認し、礼香をとあるスペースに引き込む。

鍵を閉める。

心臓が高鳴る。

畳二畳ぶんもない、狭いスペース。

男子トイレの、個室。

「……あ……あの、亮介、くん……？」

「礼香、マスク取って」

「え？　あっ、えっと」

「外して。誰も見てないから」

「っ……わ、わかったわ」

いつになく強気で迫る俺に気圧されて、礼香が自分の耳に手をかける。

左側の耳からゴム紐が外れ、口元が露《あらわ》になった。

彼女の顔に、不織布の布きれがぶら下がっている。

その瞬間、俺は礼香をドア裏に押し込んで、唇を重ねていた。

「んんっ？　ふ、ふむぅっ……！」

キス。

大人のキス。舌を絡め、唾液を交わらせる、卑猥なキス。

香りを感じ取った。礼香が色を見せてくれた。次は俺自身の唇で、感触と味を確かめたかった。

「んく、くむぅ……ふ、んぅ、んれぅ、れりゅ……ちゅ、ちゅく、ちゅぷぷっ……♥」

何度もついばむ。舌先でぺろりと舐め上げる。

湿り気を帯びた音が、ふたりの間に生まれていく。

五感全てが、礼香の唇を感じ取る。新しいリップが彩る色っぽい唇をとことん味わって、更に深く興奮していく。

「ふむぅ……んく、ちゅ、ちゅぷ……っ、は！　ふぁ、はぁ、はぁ……」

「……っ……礼香、もう一回、キス、いいよね」

「亮介く、ん、んんぅ！　っふ、ふむぅ！　くぅ、んんん～～～っ！」

逃げられないように、強引に指を絡めながら、唇を塞ぐ。

自分の興奮の度合いを包み隠さず礼香に伝えるために、腰を寄せ、ズボンの中でいきり立つモノを制服越しに擦りつけていく。

「んく、くぷ、ぷちゅる、れぅ、れりゅぅ……ん、んっ……っ、ぷぁ……！」

止まらない。止まれない。

礼香のマスクの下を覗き見てしまったときは、いつもこうなってしまう。

男子トイレの個室に連れ込むなんて、思いつく範囲で最も性欲にまみれた行為も、平気でやってしまうくらいには、今の俺は暴走している。

「……礼香。ここ、どこだかわかる？」

「え……？　だ、男子トイレの、個室……でしょう？」

「そうだけど。俺にとっては、ちょっとだけ違う意味を持ってる場所なんだ」

トイレの個室。礼香の唇に対する執着。にじみ出る性的な欲望。

礼香も、思い当たる節があったんだろう。戸惑いと期待が半々の瞳を俺に向けてきた。

「礼香。わかるよね？」

「え、ええ……亮介君、学校でオナニーしたことがあるって言っていたから……ここで、しごいて、抜いたことがある……ということで、いいのかしら」

「うん。もちろん、そのときのオナネタは礼香。はじめて見た、礼香のリップ。前に話したの、覚えていてくれたんだ」

「もちろんです。亮介君のことだもの」

ふたりの認識が共有されているなら、話が早い。

俺はズボンのベルトに自ら手を掛けながら、彼女に欲をぶつけていく。

「あのときは、自分で発散するしかなかったけど。今は礼香がいてくれるしね。それに、礼香のリップでこうなっちゃったんだから、きちんと礼香に責任を取ってもらわなきゃ」

そのとき俺は、今までで一番冷静に、但し今までで最も興奮しながら、彼女に要求を突きつけた。

「舐めてよ」

簡潔に、たった一言。

もちろん、それ以外のことは求めていない。

一番魅力的な礼香の唇で気持ちよくなりたい、ただそれだけのこと。

礼香も、俺が何に興奮しているかをきちんと理解している。

だから、こんな場所で俺の股間に顔を埋めることもためらわない。

「……ん……んく、れぅ……ちゅ、ちゅぷ……」

剥き出しになった肉塊に、柔らかで滑らかな唇がキスをする。

丁寧にかつ執拗に唾液を塗り込みながら、亀頭にキスマークをつけていく。

「くちゅる、ちゅぷ……んぅ、ちゅ、ちゅく♥　んく、れりゅ、ちゅぷぷっ♥」

本当に、小さな唇。

普段はマスクの下に隠れている、礼香の淫らな魅力がたくさん詰まっている箇所。

こんなに狭く不潔な場所で、ペニスに率先して奉仕をしてくれる濡れた器官。

俺の全ての感情が、そこに注がれていくのがわかる。

「れぅ、れりゅ、んく……亮介君、どう……？　新しいリップ、気持ちいいですか？」

「ん……軽く奉仕されただけで、すっごい、疼く……」

「そんなに、ですか？　確かに、おちんちん……硬さも、反り返り具合も、尋常ではないですけれど」

「今すぐ出せって言われたら、簡単に出せるレベルだよ」

「簡単に？　それは……少し、困りますね。私も、亮介君の性癖と性欲を認識して、ある程度の覚悟を決めてリップを引いていますから。すぐ終わってしまうのは、拍子抜けですよ♥」

確かに、俺がどういう男かを十分に理解している礼香なら、新しい色のリップを見せたらどうなるか予測できる。

その上で見せたということは……そういうこと、なんだろう。

「私も、ご奉仕のスイッチがしっかりと入っていますから……彼女としての役目と、性欲のはけ口の役目、務めさせてもらいますね♥　ですから、今は多少雑に扱ってもらって構いません。その代わり……」

上目遣いの瞳の奥が、ゆらりと揺れる。

情欲をふんだんに含んだ、俺が好きな礼香の目だ。

「……その代わり、楽しませて下さいね、亮介君♥」

本格的に、唇と舌の奉仕が始まる。

直立不動の俺に対して、礼香は鼻息を湿らせながら腰をくねらせて、丁寧にペニスへと舌を這わせてくる。

「んふ、ふむぅ……んく、れぅ、れりゅ、んく、くりゅ……れる、るろ、るれるぅっ……んぅ……もう、最初の頃に被っていた皮も、すぐに剥けるようになったんですね……」

「礼香だって、フェラ、めちゃくちゃ上手くなってるって」

「そうですか？　ん、ちゅぷ……保健室で最初におちんちんと触れ合ったときも、亮介君はかなり私のご奉仕に感じ入っていたように見えましたけど」

「何ていうかな。確かに、最初から気持ちよかったけど……テクニックのレベルだけじゃ計りきれない熱があるっていうか」

「熱？」

「……言い方、間違ってるかもだけど。二種類の性欲が、丁度いい具合にミックスされているんだよ。ご奉仕します～っていう献身的なエロさと、亮介君のおちんちんなんて私の唇にかかったら秒で手玉に取れますよ？　っていう挑発的な淫らさが」

「くすっ♪　わかります。自覚、あります。マゾヒスティックな性欲と、サディスティックで小悪魔的な性欲が入り乱れているんですよね」

エロい会話が続く中でも、礼香の唇は俺の性感帯を絶え間なく刺激している。

密室での秘かな行為というシチュエーションが、ふたりの興奮を更に深める。

リップに濡れていく俺のペニスは、もう限界まで膨れ上がっていた。

「……亮介君も、そうですよね？」

「俺？」

「おちんちんを存分に舐《ねぶ》ってほしいマゾ的な欲と……私の唇を無茶苦茶にしたい、サド寄りの欲……♥　そういうのって、一度どちらかに振り切れると、ぐんって快感が増して止まらなくなるんですよね」

肥大化したペニスの先端に頬ずりをした後、礼香が俺の正面で、小さな唇をめいっぱい開けて止まる。

「……サディスティックの方向に、振り切っちゃってください。私も、マゾヒスティックな欲望を全開にして受け止めます♥」

「っ……い、いいんだな？　それじゃぁ、使わせてもらうよ？」

「ええ、お願いします。私の口、存分に犯して下さい……♥　ん、んぐ……！　ふぐっ、んむ、っぐぅうぅぅう！」

震える手で、礼香の頭を左右から掴む。

そのまま、引き寄せる。喉奥に亀頭を突き入れて、ぐりぐりと腰を回す。

「ふぐぅ、ん、んむ、んぐぅぅぅうっ！　ふー、ふー、んー、んーっ……！」

使わせてもらう、という宣言通り、礼香の頭を前後させる。

彼女の小さな唇をオナホ代わりに使う、イラマチオ。本当に俺なんかがしていいのかとまだ戸惑っていて、下手に理性が働いて腰が止まりそうになるけど、礼香がそれを許してくれているという事実が、俺の理性をぶち破って行為を加速させていく。

「んぐ、くちゅる……んんっ、んぐ、ふぐぅうっ……！　んぢゅる、ぢゅぷっぢゅぷっ、ぐっぷぐっぷずっぷずっぷじゅっぷじゅっぷじゅっぷ♥」

たがが外れたときの対処の仕方は、もうお互いに理解し尽くしている。

礼香は俺の腰の使い方を熟知しているから、きちんとタイミングを合わせて舌と唇を差し出してくる。どんな締めつけで、どんな舐め方をしたら最もペニスが悦ぶかをきちんと考え、選び、奉仕として実行してくる。

「ずっぷ、ずっぷ、じゅっぷ、じゅっぷ……んぐ、んぐぐっ、んぢゅるっじゅるるるっ、ずじゅるるるぅっぢゅるっぢゅりゅりゅりゅりゅりゅりゅぅっ♥」

強く締めつけたらすぐに射精してしまう、と認識した礼香は、敢えて唇の力を抜きつつ音を立ててペニスを啜ってきた。

唾液の沼にどっぷりと浸かった竿が、根元から舐め上げられる。身体の深いところが震える。腰に生じた痺れがつま先まで伝わっていく。

「っ、礼香の奉仕、やばいよ。どこまで俺のちんこのこと知ってるんだって感じ」

「ぢゅ、ぢゅるぅ……んぶ……ふふっ♪　だって、亮介君のおちんちんですから♪」

「……なんて言うか、改めて。礼香、えっろ」

「ふふ♪　だって、私ですから……♪　んぢゅる、ぢゅずっずずずっ、ぢゅるるぅっ♪」

相当息苦しいだろうに、本当に美味しそうにペニスをしゃぶる礼香。

その淫らな唇に吸い込まれるようにして、俺も腰を前後に振っていく。

「ふぐっ、んぐぅうっ！　んぢゅる、ずじゅるるっ、ぢゅぷっぢゅぷっぢゅぷぷっ♥　ふ、ん、んぅ！　ひぐっ、ふぐぅ！　ふー、ふー、んー、んーーーっ！」

ピストンに合わせて、礼香の顔を引き寄せる。

喉の奥まで使わせてもらいながら、ペニスの先端から根元まで、全てで最愛の唇を感じ取っていく。

目尻に溜まる涙を見ても、止まらない。

酸欠状態で紅く染まる頬を見ても、むしろ興奮が加速する。

「んぐ、んぐっ、ぐぷぷっ、ぢゅっぷぢゅっぷずっぷずっぷ、ぐぷぷっぐぷぷぷっ！　んー、んー、ふー、ふー、ふーっふーっふーっ、ふぐぅ、んぐぅぅぅうっ！」

「っぁ……礼香、すごい、最高に気持ちいい……！」

感嘆の声を上げてしまう俺。

礼香の唇が、少しずつ少しずつ内側へと窄まり、竿をしごく力を強めてくる。

じわじわと追い詰められていく俺の性感。喉の奥を子宮口に見立てて、俺に差し出してくる礼香の性欲。既に頭の中は真っ白で、目の前がチカチカと明滅してくる。

いくら堪えても堪えきれない、圧倒的な快感。リップと唾液に濡れた唇が、俺に射精を促してくる。

「ぐぢゅるっぢゅずずずっ、ずっぷずっぷじゅっぷじゅっぷ、んぐっぐぷっぐぷぷっ、ふぐっんぐぐぐっ、ん、んぶッ！　ふぐっ、んひぐぅう！」

より激しくなるピストン。腰の裏っ側を震わせる射精欲。

空いていた指先を俺の睾丸に添えて、絶妙な力加減で転がしてくる礼香。

「く、くぅ！　出る、出るよ……礼香、全部飲んで……！」

彼女の頭を掴む手に、力がこもる。

子宮口を拡げて、礼香の奥を満たすように。

喉にぴったりと鈴口をくっつけて、最後の一押し。

「んぐぐっんぶぶぶっ、ぶぷっ、んぐっふぐぅううう！　んぢゅるるるっ、ぐぷぷぷっ、ふぐっんぐぅぅぅうぅぅうっ！　んんんっ、んんんぐぅぅぅぅぅぅう～～～～～ッ！」

射精の瞬間、目をつむってしまう。

礼香の唇の中で爆ぜる感覚を、全神経で感じ取りたかったからだと思う。

口という性器の奥の奥へ、自分の欲望をどくどくと注ぎ込む。

何度も喉を鳴らして、子種の塊を体内にしまい込んでいく礼香。

脈動が収まっても、彼女はペニスから口を離さない。それどころか……。

「……んぐ……れぅ、ぢゅるぅっ……♥」

「っ！　ひ、ひぅ！　ちょ、礼香……！」

絶頂直後の亀頭に、舌先が触れる。

じゃれついてくるような動きに、ペニス全体が震え上がる。

「……全部、吸い出してあげますね♥　んぢゅ、ぢゅる……くぷ、ぢゅるるるっ♥」

「うぁ！　っく、礼香、それは……く、っぐぅ！　ひ、ひぅ！」

もごもごと動く唇が、竿を締めつけ、揉み込んでいく。鈴口を玩ぶ舌が、絶頂の瞬間の快感を再び俺にもたらしてくる。

「んく、んぐぐっ、ぐぢゅる、ぢゅずずずっ♥　んれぅ、ぢゅる、ぢゅりゅりゅぅっ♥」

「だ、だめだ、礼香、礼香っ……！　ひ、ひッ！　あ、あぐぅうっ、うぅぅぅううっ！

〜〜〜ッ！　〜〜〜〜〜〜〜〜〜〜〜〜〜〜〜ッ！」

途切れない快楽に、のたうち回る俺。

勝手にペニスが脈動して、出し切ったはずの精液を再び礼香の中へと放出してしまう。

絶頂に次ぐ、絶頂。快感が上塗りされ、脳が焼き切れそうになる。

俺は礼香の頭にしがみつきながら、いつ収まるともわからない射精の感覚に身を投じていた……。


――礼香の、新しいリップ。

それは、俺の理性を簡単に焼き切る威力を持っていた。

セックスがより激しく大胆になるのは、当然のこと。

あの、トイレの個室でイラマチオをしたときのように、学校の中でも情欲が抑えられなくなる場面が何度かあった。

エロいことを抜きにしても、当然、俺と礼香は以前にも増して距離感を縮めていく。

ふたりの仲が深まっていることは、クラスのみんなが冷やかしてくる程度にはバレている周知の事実となっていた。

そんな、ある日。

移動教室の授業のコマが終わり、自分の教室に帰ってくると、何やらクラスの空気がざわついていた。

教室の前方、教壇のそばの床を中心にして、人だかりができていた。

それとなしに耳を傾けてみると、おいこれヤベェって、とか、先生が来る前に隠しとけとか、でも誰のかわかんないのにとか、そんな声が聞こえてくる。

落とし物か何かかな、と、軽い気持ちで人だかりの輪を押し分けてみると。

「っ！」

思わず、息を呑んでしまった。

そこには、思いっきり見覚えのある、スティックサイズのケースが落ちていた。

皆に気取られないよう、自然体を装って礼香に視線を送る。

慌てて席に戻り、自分の鞄の中を改める礼香。

彼女の顔が、みるみるうちに青ざめていく。

……間違いない。礼香のリップだ。しかも新しい色のほう。

鞄のファスナーが閉まっていなかったのか、あるいは何かの拍子でポーチから落ちてしまったのか。

ひた隠しにしておくべき礼香の秘密が、突然皆の前に出現してしまっているこの状況、どうにかして穏便に収めなければいけない。

しらを切るのも手だとは思う。けど、俺はともかく、礼香は今まで優等生をし続けてきているから、誰かに問いただされたら自らの罪を認めてしまいそうだ。

それは悪手だ。誰も得はしない。

第一、この頃は俺のためにリップを引いてくれているようなものだ。このまま放置するのは俺も気が引ける。

けど、どうすればいい。

この件は風紀委員の仕事の一環として、生徒会で預かったほうがいいんじゃない？　とリップを礼香に渡す……というシナリオが、一番無難だろうか。

でも、礼香が周りに怪しまれずに、優秀な生徒会長を演じきれるかどうか……。

そんなふうに、頭を悩ませているときだった。

「何を騒いでいるんだ。授業が始まるぞ、早く席につけー」

最悪の、タイミングだった。

教室に入ってきた先生が、床に転がったまま誰も手をつけていなかったそれを、ひょいっと拾い上げる。

「なんだこれは。なぜこんな、恥知らずのものが教室に落ちている。誰だ、持ち主は」

クラスの中が、一気に静まりかえる。

センセ、口紅の一本くらいでなに顔真っ赤にしてるんスか～、と茶化した男子を、先生は一喝して制しつつ、クラス全体をぐるりと見渡しながら一際大きな声を張り上げた。

「悪いが、物的証拠がここにある以上、見なかったことにはできないぞ。心当たりのある奴は、手を上げて自首しろ。今すぐ名乗りを上げたなら、没収だけで事を収めてやる」

まずい。大げさにいえば、これは先生の交渉術だ。

罪を軽くしてやる、そうすればこの場を収めるという。聞こえはいいが、手を上げた瞬間そいつはブラックリスト入りをして、卒業まで目をつけられることになる。

そして、えっちなことが大好き、という性癖以外は至って真面目な礼香のことだ。あんなふうに揺さぶられれば、素直に罪を認めかねない。

それは、いけない。

うちの学校の通信簿には指導履歴の件数が乗る。そうすれば、このリップの騒動も両親に筒抜けになるから、礼香も家の中で誤魔化せなくなる。

礼香の母親は厳格だと聞いているから、余計に事が大きくなる。俺との交際にもメスを入れてくるだろうから、そういった流れは絶対に阻止したい。

なにより、せっかく積み上げてきた優等生の顔を、こんな些細なことで崩すのはもったいない。

よし。俺が矢面に立とう。

多少は無理筋だけど、礼香が早まるより一万倍はいい。

「せ、先生、それ、おお俺のです」

また、クラスがざわつく。

それと同時に、四方八方から色々な声が聞こえてくる。

『水原がとか、あり得なくない？』。

『なんで男がリップをしているんだ、キモいヤツ』。

『そんなの学校に持ってくるんじゃねーよ。騒ぎになるだけじゃねーか』。

大体は、俺を非難する声だ。

ただ、声を上げない奴らの中には、ニヤついている奴もいる。恐らく、礼香をかばっていることがバレているんだろう。

そうこうしているうちに、リップを拾い上げた先生が俺の目の前に立ち、上から睨み付けてきた。

「言い分を聞こうか」

訳を話してみろ、という圧力に対し、俺もなけなしの頭脳で、それらしい話を作り上げてみる。

「っ、そ、そのっ！　母さんが……や、薬用のヤツと間違えて、俺に買ってきたんです。で、リップって高いだろうし、おお俺も使えないから、だ、誰かにあげようと思って、そそそれで……」

誤魔化せないか。苦しいか。

最近は鳴りを潜めていた陰キャ丸出しのどもりまで、復活してしまっている。これでは説得力のかけらもない。

「それで？　水原よ、学校にこんなものを持ってきてはいけないと、お前も知っているだろう。なのになぜ持ってきた？」

「お、おおおお言葉ですが先生っ。あ、ぁの、校則にリップのことが書いてあるのは知ってます。でででもそれって、リップを引いてはいけないってだけで、持ち込むなとは、そ、その、書いてない、ですよね……？　だ、誰かにプレゼントするだけなら、い、いいんじゃ、ないですか……？」

むぅ、と先生が息を呑む。

ニヤついていた類《たぐ》いのクラスメイトたちが二、三人、俺を見る目を丸くしていた。言葉にはしていないものの、その視線は『水原のくせにやるじゃん』と言っていた。

よし、あと一押し。

そうすれば誤魔化せる。真っ青な顔をしてうつむいている礼香を救える。

「……なら、水原はリップを所持していただけで、誰かに譲渡する予定だったと。校則に違反した行為をしているつもりもない、と。そういうわけだな」

「は、はい」

「成る程、真実だとすれば、水原がお騒がせなことをした、というだけで済む話だな。まぁ俺も納得はする。親ってのは時に、よかれと思って子どもに要らんもんを押しつけることがあるからな。今回はそれがリップだったという話も、まぁあり得るだろう」

「そ、そうですね。それじゃあ……」

「だがな、水原？　このリップ、先端に僅かだが使用感があるのはなぜだ？」

「っ……！」

「お前は、こんな女性の大人向けのリップなんて自分は使えないと思ったし、使ってもいないんだよな？　だとすると、このリップに使われた跡があるのはおかしいだろう。そこはお前の証言と矛盾するが、どうなんだ？」

先生という大人を、舐めていた。

俺ごときの稚拙な論法で一瞬でもかわせると思った自分が、甘々だった。

どうする。

どうする……！

俺がまごつけばまごつくほど、礼香が真正直に手を上げかねない。

いや、実際に上げそうになっている。礼香が席を立ち、覚悟を決めた顔で口を開こうとしている。

礼香。そんなこと、しなくていいんだ。

もし先生を納得させられなかったとしても、俺が罪を被ればいいだけなんだから――。

「センセー。それ当たり前ッスよー」

万事休すかと思ったとき、だった。

礼香ではない方向から、礼香ではない声が聞こえてきた。

クラスメイトの、女子の声。割と派手な見た目で、学校の外ではリップも化粧もバッチリ決めていると噂になっていた子だった。

なんで、と俺が驚いている間に、その子が言葉を続ける。

「センセーは男だから、わかんないかもッスけどー。リップってー、はじめて唇につける前にー、手の甲とかで色見るんスよねー。スティックで固まってンときとー、マジで唇に引いたときのカンジが、違うって場合があるんでー、そーゆーの必須なんスよー。てかソレって、さっきあたしが水原からもらったヤツなんで。サーセン、没収って言われンなら仕方ねーんで。持ってっちゃってオッケーでーっす♪」

……なんで。

いや、なんで。

俺と接点がない、あんな陽キャな女子が、俺たちを助けるような真似を……？

俺も礼香も、その場で固まったまま。

そのとき、ちょうど授業のチャイムが鳴った。

授業を優先した先生が、やんわりと矛を収めていく。

「……藍沢《あいざわ》、放課後職員室な。一応、この校則違反を引き起こしかねない品は、それまで預かっておくぞ」

「ほーい。よろッスー♪」

ようやく、この場が収まる。

どうなっているのかわからないが、何より礼香が詰問されるというシチュエーションにならなくてよかった。

その後、昼休みの時間、先生が藍沢と呼んだ女子に、お礼を言いにいった。

「あっはは、別にそんなお礼とかいいんじゃね？　つか水原、女かばってンのバレバレで見てらんなかったからさ。ま、男としちゃ格好いい部類だったとは思うよ。生徒会長サンも、水原に惚れ直したかもねー」

「え、えっ？　なに、そこまでばれてたの？」

「あったりまえだって。クラスの半分くらいは気づいてるよ。てか水原じゃなくって勝瀬サンを見ててもバレバレだったしねー。こんな初々しいカップル、今どきどっこにもいねーと思うよ？　そーゆー意味じゃあんたらお似合いだよね」

思わぬ指摘を受けて、口をぱくぱくするしかない俺。けたけたと笑う藍沢さん。

「あ、そーだ。上手く先生からリップを返してもらったとしたらさ、そンときは今回の駄賃としてあたしがもらっていいよね？」

「え？　でもあれは、礼香……い、いや、勝瀬さんのもので……」

「だったらさ。水原が新しいリップ、勝瀬サンに買ってあげりゃいいんじゃね？」

「そ。自分の彼女に似合う色を見つけてあげるとか、彼氏冥利ってヤツっしょ」

「お、俺が？」

論理的には飛躍しているかもしれないが、筋は通っている。

何よりその提案、礼香に似合う色、というところに惹かれた。

……よし、決めた。

礼香へのはじめてのプレゼントは、これにしよう。そして、プレゼントを渡すと同時に告白しよう。

流れに便乗する形だけど、逆に考えればこの一連の流れで告白できないなら、一生できないで終わる。

必ず、好きだと伝える。

俺はそう、硬く心に決めた。


騒ぎがあった日の、放課後。

あの場は収まったけど、先生方の俺に対する疑いは完全に晴れてはいなかった。

そんな中で礼香と仲睦まじくしているのはさすがにまずいと思い、授業が終わった後、すぐにひとりで帰途についた。

礼香が隣にいないのも、久しぶりだった。

いつもなら手に感じる彼女の温もりもなく、冬でもないのに指先が冷たかった。

無言で帰るのが、寂しかった。

でも、仕方がない。ほとぼりが冷めるまで、少し距離を置いたほうがいい。

そう自分に言い聞かせて、自分の部屋でベッドに突っ伏した。

まだ日が高い。いつもなら、図書館で軽く復習をしながら、生徒会の活動が終わるのを待っている時間だ。

礼香がいないと、時が経つのがめちゃくちゃ遅い。

礼香がいないと、何をする気にもならない。

彼女を持つ前は決して抱くことがなかった、寂しいという感情が、俺を襲ってくる。

そうだ。

昼に決意した、礼香にプレゼントするリップのことを考えよう。

どんな色がいいだろう。基本は、今日没収されてしまったあの色に近いほうがいい。

俺好みの、あの色に——。

だめだ。余計に寂しくなる。礼香のことしか考えられなくなる。

俺ってこんなに女々しかったんだ、と自虐することしかできなくなる。

その自虐の中で、唯一プラスの面があるとすれば。

こんなにも頭がいっぱいになるくらい……やっぱり俺は礼香が好きだ、と認識できたことだろう。

ピロリロ、と携帯が鳴る。

礼香からの、着信だった。

出ようか出まいか迷って、結局緑のボタンをスワイプする。

携帯の向こう側の礼香は、なぜか息を切らしていた。

その第一声は、玄関を開けて、だった。

玄関？　どうして？　と疑問に思う俺。

まさかと思い、カーテンを開けてみると……。

「亮介君っ」

生徒会の活動をしているはずの礼香が、俺の家の前にいた。

携帯と窓越しと、二重に名前を呼ばれた。

慌てて、玄関の鍵を開ける。

今は礼香と会わないほうがいい、という意思は、その瞬間簡単に霧散していた。

部屋に入った礼香は、ごめんなさい、と切り出した。先生の前で啖呵を切らせてしまったのは私の不注意が原因だと、自分を責めた。

そんなことはいいからと、実際丸く収まったんだからいいじゃないかと返す。

でも悪いのは私のほうですと、礼香は頭を下げ続ける。終いには本当に泣きそうになってしまう。

俺の彼女は……俺が本当に彼女にしたいこの子は、こういう女の子だ。性欲が強めなこと以外は至って普通で、真面目で、守ってあげたくなる子だ。

だから、かばった。それだけのことだ。

「本当に、どうしてあんなことをしたんですか。無駄に怒られるし、通信簿にも悪い点が載るしで、いいことは一つもないのに……」

いくら俺が大丈夫だよとなだめても、礼香は自分を責め続ける。

ごめんなさい、どうしてそんなことを、の繰り返しで、自虐的な考えから脱してくれない。

俺が見たいのは、礼香のこんな顔じゃない。

このままじゃ、らちがあかない。なだめてもあやしても、俺がどんな言葉を並べても、礼香が納得しないいんだから。

「……ああ、もうっ！　どうしてって、理由なんて一つしかないじゃないか！」

「え？　きゃっ！」

礼香を、抱きしめる。自分の感情にまかせて、思いっきり。

そして、彼女の耳元で、俺の感情を一言にまとめて表現する。

「礼香のことが、好きだからだよ」

——言った。言ってしまった。

本当は、新しいリップというプレゼントを添えて、もっとムードを作ってから伝えたかった感情だけど。

タイミングがこれで良かったのか、わからない。

でも、嘘は言っていない。むしろこれが俺の全てだ。

「好きな女の子がピンチだから、かばっただけ。理由なんてそれしかないよ」

「…………」

「どんなに問い詰められても、俺はもう礼香が好きだからってしか言えないし、言わない
からね。礼香、これで納得してくれる？」

「っ……理解は、できますけど……百パーセント、納得はできません」

「礼香」

「だって、そうじゃないですか。いきなり一方的すぎます。私がこんなに亮介君のことを
心配する理由も、聞いてほしいです」

礼香を抱きしめている手の力を少し抜くと、互いに見つめ合う格好になる。

潤んだ瞳が、真正面から俺を捉える。

「私も……亮介君のことが、大好きだからです」

「…………えっ……？」

「亮介君が、そのことをきちんと認識してくれたら……百パーセント、納得します」

「…………………」

「…………………」

一気に、肩の力が抜ける。

あれだけ張り詰めていた緊張の糸が、ばっさりと切れて落ちていく。

「……ぷっ、あははっ」

「くすくすすっ」

どちらからともなく、笑い出す。

きっと、俺も礼香も、同じ気持ちだ。

どうして今まで、できなかったんだろう。

告白って、こんな簡単なことだったんだ。

素直に気持ちをぶつければいいだけだったんだ。

かりそめとか監視とか身体だけの関係とか、難しく考えすぎだったんだ。

「あははっ……あー、おかしい。亮介君じゃなくて、自分のことがおかしいです。こんなに簡単に、好きって言えるなんて。嫌われたらどうしよう、拒絶されたらどうしようって悩んでいた私がばかみたい」

「俺も。こんなことなら、もっと早く好きだって言っておくべきだったよ」

「ふふっ。そのぶん、これからたくさん言ってくれればいいんですよ」

「もちろん。あ、でも、礼香に負けてる気がする。ごめん、訂正させて」

「何がですか？」

「礼香のことが好き、じゃなくて。礼香のことが大好き、って」

ほら、言える。

恥ずかしいけど、さらりと言える。

照れくさいけど、きちんと気持ちが通じる。

そして……その気持ちが、身体へと伝わっていく。

「礼香。マスク、外していい？」

「ええ。それじゃ、私も亮介君のマスク、外しますね」

お互いのマスクに、手を掛ける。

剥き出しになった唇が、そっと重なっていく。

「ん……んく、ちゅ……」

「ちゅく、ちゅぷ……れぅ、くちゅるぅっ……」

完全な恋人同士になって、はじめてのキスだった。

とにかく甘くて、どんどん心が幸せで満たされていく、そんなキスだった。

「つぁふ……礼香、大好き」

「大好きです、亮介君……ん、ちゅ……」

名前を呼び合って。

改めて好きだと、大好きだと伝えて。

もっと、もっと唇を重ねる。舌を添えて互いを愛撫していく。

粘膜同士の擦れ合いが、確かな快感を連れてくる。

「んふ……ふぁ、ぁふ……亮介君……」

濡れる吐息。艶を増す唇。

股の間に足を射し込み、やんわりと秘部を刺激し合いながらのキス。

いつものように、性欲が外に漏れ始める。俺もペニスを勃起させ、礼香も大事な場所を濡らしていく。

その上で、ずっとずっとキスをし続ける。

抱き合いながら、肌と肌を触れ合わせる愛撫。官能的に絡み合う舌先。蕩けるまで重なる唇。口の端からこぼれた唾液を啜り、喉を鳴らして、また貪り合うように交わっていく俺と礼香。

何も、考えなくていい。何も気負わなくていい。

身体が動くまま、本能の赴くまま、動くだけでいい。

「礼香。抱いていい？」

「……ふふ♥　もちろん、いいですよ。というか、私からもお願いしますね」

一糸まとわぬ姿になって、繋がる。

ただそれだけの行為が、俺たちに絶大な快感をもたらしてくれる。

痛いくらいに膨れ上がったペニスを、愛液が滴る柔らかな膣口にあてがっただけで、腰に力を込めなくてもするりと亀頭が埋もれていく。

「っ……ふぁ、あっ……！　亮介君、こ、これ、私っ……」

「いくよ、礼香。一気に奥まで、貫いてあげるから」

「ひ、ひぅ！　あ、あっ、だめ……ひ、ひぁ！　ふぁ、んぁっあはぁあああああぁッ♥」

軽く腰を突き出す。礼香のあそこから、蜜が噴きこぼれる。

深く深く、挿入する。肉竿が根元まで包み込まれていく。

俺の腰と礼香のお尻がぴったりとくっついたとき、一際大きな声が上がる。

「はぁ、ふ、ふぁ……♥　す、すごい、亮介、君っ……私、おちんちんもらっただけで、イっちゃった……イっちゃったのっ……♥」

今日は、膣内の動き方が、一段と凄い。

どんどん吸い込まれる。俺を逃すまいと膣口が内側に窄まっていく。それでいて透明な蜜でぬるぬるになっているから、ピストン自体に抵抗はまったくない。

「んぁっ！　ふ、ふぁ、あひぁあっ！」

「っ、う、うぁ！　礼香、これ……」

「あ、あっ、亮介君、だめっ……今動かしたら、私、おかしくなっちゃうっ……！」

「でも、俺も我慢できないんだ。礼香の膣内《なか》、気持ちよすぎて止まらないって」

「だめ、だめなのっ、私も気持ちよすぎて、何も考えられなく……や、やぁっ、うぁっ、あ、あひ、ひっ、ひぃぃぃぃいいぃいんっ！」

　軽く前後に腰を揺り動かしただけで、暴発して精液を漏らしてしまいそうなくらいの快感が背筋を襲う。

　淫らな穴にペニスが出入りする。スムーズな動きで礼香の感じる場所をノックする。愛液が性器同士の触れ合いを潤滑にして、より深く繋がるようにと誘ってくる。

　……そういった、一連のセックスの流れは、いつもと同じなのに。

　違う。

　快感の深さが、気持ちよさの度合いが、今日は全然違う。

「はぁ、はぁっ、あひっんぁっあぁあああっ♥　こ、これ、ま、またイく、イきますっ……！　亮介君のおちんちんに、イかされちゃ、っ、ひ、ひぅ！　んくぅぅぅうっ！」

　礼香の腰が、大きく震える。

　わかりやすい絶頂の合図。だけど俺ももう、余裕なんてない。礼香の快感をコントロールすることなんてできずに、ひたすらピストンを繰り返す。

「ひ、あひぃいいっ！　くぅうぁあぁあっ、あ、やっやぁっ、んひぁぁぁあぁあああっ！　こ、やっやぁぁあぁあっ、らめ、らめらめっ、イってるの、イっひゃってゆのぉおっ！　こ、これ、きもひよすぎるっ、イったままとまららくなりゅぅっ♥♥♥」

　腰を打ちつけるたびに波打つお尻を、後ろから鷲づかみにする。

　生徒会長のお尻が肉付きのいい安産型だなんて、知っているのは俺しかいない。そう考えると、俺の中の独占欲がいい具合に満たされていく。

「ひっひぃっんぃっきゃひぃいぃいっ！　ふ、ふぁ、んぁぁぁあぁあああッ！　あーっ、あぁあああーッ♥　やっあっあっくぅぅぅうぁあぁあああああッ！」

「はぁ、はぁっ……連続絶頂しちゃってる礼香、すっごい、えっろ……」

「ふーっふーっんーっんんんぅぅぅうっ……！　りょ、亮介君っ、もっと、もっとっ……気持ちいいおちんちん、もっと、くださいっ……♥」

「……いいの？　礼香、大丈夫？」

「だいじょーぶ、ですっ……欲しいんです、大好きな亮介君のおちんちんに、もっとしてほしくって、愛してほしくって、犯してほしくって、だから、だから……！」

「ん、わかった。綺麗で、可愛くて、大好きな礼香のこと、思いっきり犯してあげる」

　絶頂から絶頂へ。加減も休憩もなしの、一直線なピストン。

　よりよい角度で亀頭と膣奥が擦れ合うように、礼香のお尻が上へと突き上げられる。

シーツを鷲づかみにする礼香の手。肉付きのいいお尻を揉み込みながら、溢れた愛液をすくってクリトリスにまぶしていく俺の指先。

心と心を通わせた後のセックスは、迷いもなければためらいもない。後ろめたさなんてどこにも存在しない。

だから、ただひたすらに快楽を貪る、そんなセックスができる。

ぬちゅぬちゅ、ぐちゅぐちゅという水音が途切れることなく湧き起こる。ふたり分の喘ぎ声が部屋中に響き渡る。腰とお尻がぶつかる音がより派手になっていく。

「ひぁあっ、くぅうぁあっ、んぁっあはぁぁあぁあっ！　やっ、やーっ、ま、またイくっ、イくイくイぐっ、イっひゃいますっ！　すごいの、すごいすごいすごいっ、気持ちいいっきもちいいっきもひいいぃいぃいっ！　あーっ、あーっ♥　んぁっあぁあああーっ♥」

性欲と愛欲が煮えたぎる。お互いに強烈な絶頂まであと一歩。

その瞬間を見極めて、俺は敢えて腰のスピードを緩めた。

「ふぁ……♥　あっ……？　はぁ、はぁ……亮介、くん……？」

深く繋がった状態で、優しく膣奥を小突く。

ひたすら、小突く。擦るように、撫でるように、くすぐるように。

「ひぁ……あぅ……！　あ、あっ……だめ、亮介君、だめ、だめ、だめです、だめなの、それだめっ、だめぇぇぇ！」

「どうして？　礼香、気持ちよさそうだけど」

「ち、違いますっ、あ、あぅ、違わないけど、でも、うぅぅっ、でもぉっ……！」

絶頂寸前のペニスが、はちきれんばかりに膨れ上がっていることも、礼香には伝わっているはず。

その、極限まで太くなった肉棒で、敢えて焦らす。敢えて快感を溜め込んでいく。

「礼香」

「はぁ、はぁ……ふぁ、あっ……？」

「イキたい？」

「うぅ……もちろん、イキたい、ですっ……」

「じゃあ、俺にお願いして。とびっきりエロい淫語とか、礼香の口から聞きたい」

こんな要求をするなんて、俺も理性が吹き飛んでいる。

でも、礼香は俺以上に、淫らな欲求で脳の中が支配されている。そして、彼女の淫乱っぷりは、いついかなるときも完璧だ。

「はぁ、はぁ……く、くださいっ……亮介君のおちんぽで、じゅぷじゅぷしてくださいっ……淫らな、私のおまんこ……どろどろの淫乱おまんこが、亮介君のせーえき欲しいって おねだりしちゃってる、のっ……♥　お願いっ、おねがいしましゅっ……♥　イキたい、ですっ……せーえき、欲しいれふ……もっともっと、犯して、犯して、おかしてぇっ！　お願いしましゅっ、イキたいですっ、おまんこイかせてくらはいぃっ♥♥♥」

滴る愛液と流れる汗で光るお尻をくねらせて、礼香が卑猥なダンスを踊る。

猥褻な単語の一つ一つが、更に俺を誘ってくる。

もちろん、後はイくだけ。極限まで溜め込んだ欲を解放するだけだ。

「よくできました、だね、礼香。じゃあ、受け取って」

「は、はひっ、亮介君、お願しましゅ……っ、ひ、ひぃ♥ んひぃぃぃぃぃぃいッ！」

苛烈なピストンを再開する。絶頂しまくりのおまんこを、より激しく犯していく。

すぐに限界が来る。ペニスの根元が熱くなる。礼香の背筋がぞくぞくと震え上がり、全身が痺れて意識が飛びかける。

「んゃぁああっ♥ ふぁっあぁあっ、あひ、ひぁあっ、あん、あん、あん、あぁあんっ！すごいすごいっ、おちんぽしゅごいぃっ！ これイくのっ、イくイくイぐイぐっ、くる、きひゃう、飛んじゃうぅぅうぅっ♥」

「あ、あ、あっ……礼香、出るっ、俺もイくっ！」

「き、きてくらひゃいっ、今度はいっしょに、いっひょにぃぃいっ！ あ、ぁ、あ、あ、あっあっあっ、あんっあんっあんっひぁぁぁあんっんぁっあぁあああああんっ！」

一際強く、膣口が締まってくる。

立て続けに絶頂するおまんこを余すところなく感じ取ったペニスが、根元から一気に震

え上がる。

出る。絶頂する。イく。礼香と繋がりながら、礼香の一番奥に精液を注ぎ込む。

「うぁ、あっ！　大好きだ、礼香っ……！」

「亮介君っ、大好きっ……！　ひぅ！　んぐっ、くぅぅぅうぅうっんっんんんぅぅぅぅんくぅぅぅうぅうううううううううう～～～～～～～～ッ♥♥♥♥♥」

どく、どく、とペニスが脈動する。

膣口どころか、膣内のひだひだ一枚一枚が、ぎゅぅぅぅっと竿を締めつけてくる。

深く深く繋がって、とびっきりの絶頂に全身を震わせるふたり。

玉の中に溜まっていたものを全て注ぎきって、俺は前のめりに突っ伏し、礼香とキスをした。

「ん……ちゅ……♥」

「ちゅ、ちゅく……♥　ぁふ……亮介君、もっと……」

「んぅ？　えっ、礼香、もっとって」

「……♥　もっと、セックスしてくださいって、おねだり……なんですけど♥　私、もう正式に亮介君の彼女になったんですし、これからは今までみたいに我慢しなくていいですよね。おちんちんが欲しいときは欲しいって、言っていいですよね♥」

「………我慢……？　えっ、礼香、あれで我慢してたの？」

「はい♥　まぁ、正確に言うと……大好きと告白して、亮介君にも大好きと言ってもらえたことで、変なわだかまりがなくなりましたので……そのぶん、更に私の中で性欲がマシマシになったんでしょうね♪」

至って冷静な分析だ。

精神的にも性欲的にも、二重の意味で俺の彼女は底が見えない。

ただ当然、求められるのは彼氏冥利に尽きるわけで……。

「じゃあ、どんな体位でする？」

「……♪　このまま、抱っこしてくれますか？　後ろからぎゅってされながら……というの、今までしていなかったと思うので♥」

「うん、わかった。じゃ、いくぞっ」

俺も、彼女に応える。

礼香もまた、俺の求めに応じて、おまんこを、そして唇を俺に差し出してくる。

再び始まる、密度の濃いセックス。再び全身を駆け巡るオーガズムの波。

交わり続ける俺たちは、確かに淫らではあるけれど。

絶頂の数、そして射精の数の多さは、俺たちにとって相思相愛の証でもあった。

＊　＊

いつの頃からだったんでしょう。

彼のことが、本当に好きになったのは。

きっかけは、私が淫らに暴走したあの日でした。

そのときから、彼の一部は好きだったんです。おちんちんは、大好きだったんです。私のおまんこにちょうどいいサイズで、彼自身も敏感ですから反応もよく、しかも生身の温かさもある、非常に使い勝手のいいセックスの道具だと認識していたんです。

今となっては失礼な話です。

亮介君はいつだって、裏表なしに私と接してくれたんですから。

そうです。亮介君はいつも全力で、私を気持ちよくしようと努力してくれました。

セックスの最中も、私に嘘偽りのない感情をぶつけてきてくれました。

手を取って、指を絡めて、そっとキスをしてくれる亮介君。

私の唇のことを、好きだよと言ってくれる亮介君。

私の心が、そんな優しい彼を強く強く意識したのは、当然のことでした。

そして、今日のことがありました。

リップを落としたこと。亮介君に守ってもらったこと。そして、告白のこと。

色々なことが、いっぺんに起こりました。

あんなに迷惑を掛けてしまった亮介君に、とことん助けてもらってしまいました。

本当は、私から告白すべきだったんです。監視だのと、性欲処理だのと理由をつけて、なぁなぁで身体の関係だけを続けていた私が、きちんとけじめをつけるべきでした。

でも、その告白も、亮介君のほうからしてくれました。

どんどん、好きになっていきました。

今ではもう、私は、彼なしでは心も身体も満たされない女性になっています。

私は、亮介君のことが、大好きです。

彼と生涯を共にしてもいい、と思える程に、大好きです。

願わくば、この幸せが、長く長く続きますように。

そのためには、私も努力をしないといけません。

彼が、私にしてくれたように。いえ、それ以上に。

今まで以上に、優しさと愛情をもって、彼に接したいと思います。

エピローグ　俺の彼女はほんとうにエロい

俺が礼香に告白してから、数ヶ月が経った。

リップの件もあれ以上には大ごとにならず、結局俺も礼香もおとがめなしだった。

お互いの気持ちが通じ合った今、礼香も精神的に安定してきた。

もうスリルを味わう必要もなくなり、学校内でマスクの下にリップを引いた唇を忍ばせることも、しなくて済むようになった。

彼女がリップを引くのは、俺とふたりきりになったときだけ。

セックスがしたいと礼香が望んだり、俺が礼香を求めたりするときだけ、使うようになった。

無事、任期を終えて、生徒会長の座から退いた礼香は、推薦で進学することも決まっていて、順風満帆だった。

そして今、俺は礼香と同じ大学に合格すべく、猛勉強中。

空いている時間は、学校の図書室や公民館のフリースペースで、ひたすらノートに鉛筆なった。

を走らせる日々が続く。

礼香も時間の許す限り俺の勉強に付き合ってくれて、ある日は礼香の部屋で、ある日は俺の部屋でふたりきりの勉強会が開かれている。

もちろん、礼香の性欲が消えたわけではない。

むしろ、彼女自身が言うとおり、遠慮のなくなった礼香は、更に深く俺を求めるようになった。

ふたりきりの勉強会のときは、俺が一息つくタイミングで、彼女がリップを引く。

艶やかな唇に惹かれるようにして、俺が礼香に唇を重ね、そのままベッドに倒れ込む。実に恋人らしい流れで、俺たちはセックスをし、肌を重ねていく。

今日も、勉強会は俺の部屋。

教科書や参考書と一時間半ほど格闘した後、礼香がポーチからリップを取り出す。

「今日は、こっちの色でいきますね」

礼香は、二本のリップを持ち歩いている。

一つは、前から礼香がつけていた、桃色寄りの瑞々しいリップ。

もう一つは……俺が礼香にプレゼントした、深紅の落ち着いた色合いのリップ。

その色が、一つの合図になっている。

桃色のときは、礼香が俺を悪戯っぽく責めたいとき。

そして深紅のときは、礼香が俺に抱かれたいとき。

今日の色は……深紅、だった。

「亮介君、お願いします♥」

ベッドに横たわり、俺を誘う礼香。

膝の裏を抱え込んで、ゆっくりと礼香に挿入していく。

「んぅ……！　く、くふ、ふぁ、ああっ、んぁぁぁあああっ♥」

正常位での、しっとりとしたセックス。

リップの感触を確かめながら、唇を重ね、腰を揺り動かしていく。

「ふ、ん、んぅ……んむ、ちゅ、ちゅぷっ、くちゅるぅっ……♥　ふぁ……え、えへへ、亮介君……これ、好きです……キス、されながら……んぅ、ふ、ふぁぅっ、お、おまんこの奥に、ガチガチのおちんちんもらうの、大好きですっ……♥」

「俺のちんこが硬いのは、勉強が終わるなり誘惑してきた礼香のせいだからね？」

「だって、早く亮介君に抱いてもらいたかったから……ん、ふ、ぁ、あんっ！」

今日も遠慮なく腰を振り、とろとろになっているおまんこを亀頭で擦り上げ、隅から隅まで味わっていく。

「はぁ、ふ、ふぁ……亮介君、もう一度、キス……んっ、ちゅ……ちゅぷ……っ♥」

深紅のリップをつけているときの礼香は、事あるごとにキスをねだってくる。

お腹の裏っ側や膣奥といったおまんこの中の性感帯を、唇を塞ぎながら正確に擦っていくと、礼香はすぐに瞳を蕩けさせていく。

「ふ、んむ、くちゅっちゅぷぷっ……♥　んぁ、ぁふ、亮介君っ……♥」

舌で口の中をかき混ぜる。より身体を密着させて膣内を突き抉る。

礼香も俺の腰に足を絡めながら、膣口をじんわりと締めてくる。

そんなに激しいピストンをしなくとも、快感は着実に積み重なり、ふたりを優しい絶頂へと導いていく。

「はっ、はぁっ、ん、ん、んっ……あ、あん、あんっあんっ、ふぁ、あぁあんっ……！　亮介君、このまま……膣内《なか》に、出してくださいっ……♥」

「うん。礼香もイっていいからね」

「ふふっ、もちろんです♥　さっきからずっと、我慢しているの……亮介君といっしょにイキたくって、だから、だからっ……♥」

今一度、唇を塞ぐ。

さっきよりも熱いキスをしながら、腰の回転を徐々に速めていく。

「ふ、んむぅ……♥　んく、ちゅ、ちゅぷっちゅぷっ、くちゅ、ちゅるぅ……♥　ふぅ、んむぅっ、ん、ん、んんっ♥　んく、くちゅるぅっ♥　んれぅ、ちゅぷぷっ♥」

大好きな唇に触れながら、大好きな唇を愛撫しながら、愛する人を抱きしめて果てる。こんなに嬉しいことはない。こんなに幸せなことが他にあるわけがない。

「ちゅくっちゅぷぷっ、んふ、んんっ、んんん～っ！　りょ、亮介君、お願い……っ♥　ふ、ふぅっんむぅうっ、んく、くちゅるぅっ、んっ、んっ、んんっ！　んむぅうっ！」

お互いが好きな人同士だからこそ。

最初からお互いを求め、快楽を貪り尽くしてきた俺たちだからこそ。

同時に果て、快楽を分かち合い、最高の瞬間を共有できる。

「んく、くちゅる……ぁふ、礼香、いくよ……う、うぁ、んんっ、んんんっ！」

「ふ、んむぅう！　んくっ、ふむぅうっ♥　んんっ、んふむぅうっ、くぅうっんんんっ、んんんんんんん～～～～～～～～～～～～っ♥♥♥♥♥」

絶頂。射精。強烈な締めつけ。

リップの温もり。むしゃぶりつく唇と唇。混ざり合い、ふたりの喉を潤す唾液。

全てが心地よく、そして苛烈な快感。

それは、大切な人と、心と身体を同時に通わせることができる、幸せな行為だからこそ生まれる気持ちよさだった。

「っ、ふぁ……！　はぁ、はぁ……亮介、君……んっ……ちゅ……♥」

余韻の中でのキスも、心地よさしか感じない。

甘い甘いセックスの時間が、こうして過ぎていく。

一度、ペニスを引き抜く。お互いに、べとべとになった自分の股間をティッシュで拭き取りながら、絶頂で興奮しすぎた身体をほんの少しだけ冷ましていく。

礼香が一度で満足するはずがないので、これは二回戦に突入する前の小休止。

キスを繰り返しすぎて色が落ちたからと、彼女がリップを引き直す。

その仕草を、俺はじーっと見つめていた。

「なんだか恥ずかしいわ。ただお化粧を直しているだけなのに、そんなにじろじろと」

「……礼香の唇は、どんなに見ても見飽きないからね」

礼香は優しく微笑んで、そういえば、と思い出したように、俺に問いかけてきた。

「そんなに、私の唇が好きな理由……聞いてもいいかしら？」

正直に、話した。

昔、従姉の結婚式で、リップを引いた新婦がキスをされるシーンに目を奪われたこと。

それ以来、普段はマスクによって隠されている女性の唇が、好きになったこと。唇の虜になったこと。

そして。

礼香の、唇に……あの瞬間、一目惚れしたこと。

リップは、唇を彩る最高の化粧道具。

本当の彼氏彼女の関係になった今だからこそ、言えることがある。

「その深紅のリップ、俺のお気に入りの色だから……ずっと、持っていてほしいな」

「ずっとって、どれくらいかしら」

「少なくとも、結婚式の日までは」

「？　りょ、亮介君……それって……」

「今の俺の夢は、その色のリップを引いた礼香と、式場で誓いのキスをすること、だよ」

過去語りから現在を経て、そして未来まで話が及ぶ。

リップが結んだふたりの仲を、未来永劫のものにしたい……そう願うのは自然だし、俺としても当然のことだ。

そのためには、礼香と同じ大学に合格するくらいはできないといけない。

これからもずっと、彼女と同じ道を歩んでいくために。

彼女のことを、愛し続けられるように。

「……亮介君」

「うん？」

「予行演習、しませんか？　誓いのキスの練習と……あと、子作りの練習も♪」

「……豪華な練習メニューだね、それ」

唇を重ねつつ、俺は再び礼香を押し倒す。

未来に誓いを立てながら、俺たちは愛情を確かめ、性欲を交わらせ、そして……。

「ん、ちゅ、ちゅぷ……♥　大好きです、亮介君」

「俺もだよ、礼香。ん、ちゅく……♥」

キスを、繰り返す。

何度も何度も、繰り返す。

とびっきりの大好きを込めて、口づけを交わす。

今も、そして将来も。

おじいさんとおばあさんになっても。

俺は、礼香とキスをし続けるだろう――。

あとがき

みなさま、ごきげんよう。愛内なのです。

マスクのせいか、みんな可愛く見えてみたこのごろです。とってもえっちな妄想もいっぱい入れてみました。エロ可愛いシチュエーションを、ご用意出来たと思います。

女の子の隠された部分にはロマンがありますが、そうでなくても唇には惹かれますよね。普段でも、じっと見ているとドキドキしてきます。そしてどんなときでも、エロい彼女は最高です。ラブラブな学園生活を、ぜひお楽しみ下さい。

挿絵の「鎖ノム」さん。むっちりした魅力あふれる表紙に感動いたしました。マスクを捲った可愛らしさも、素晴らしかったです。清楚かつエッチなヒロインを、ありがとうございました！　またぜひ、別の企画でもご一緒出来ればと思います。

それでは、次回も、もっとエッチにがんばりますので、新作でまたお会いいたしましょう。バイバイ！

２０２１年６月　愛内なの

ぷちぱら文庫 Creative

マスク女子《じょし》、とってもエロい。
～大人《おとな》しい生徒会長《せいとかいちょう》の正体《しょうたい》を知《し》ったら搾《しぼ》り取《と》られました!?～

2021年 7月29日　初版第1刷 発行

■著　　者　　愛内なの
■イラスト　　鎖ノム

発行人:久保田裕
発行元:株式会社パラダイム
〒166-0004
東京都杉並区阿佐谷南1-36-4
三幸ビル4A
TEL 03-5306-6921
印刷所:中央精版印刷株式会社

PPC269

▼シリーズ既刊作品▼

ぷちぱら文庫
Creative 259
著：成田ハーレム王　画：鎖ノム
定価：本体810円（税別）
田舎の幼なじみが最高にエロ可愛く育ってました！
清純、ピュアのまま、爆乳ムスメになっちゃった♥
故郷に帰った信士を迎えてくれたのは、幼なじみのひなだった。空き家だった実家の管理をしていた彼女は、信士をずっと待っていたという。すっかり魅力的な巨乳美少女に成長し、昔と同じように懐いてくるひな。その無邪気な誘惑に負けて初体験までしてしまったが、信士と将来を約束したという彼女はますます積極的になり、エッチなことにも天然ぶりを発揮し始めて!?